ちりかんすずらん

安達千夏

祥伝社文庫

目次

ちりかんすずらん

すずちゃんはかわいそうな人だからと母が言う。だからやさしくしてあげなくてはいけないの。すずちゃんには、結局ママたちしかいないんだもの。

三夜つづいた雨の、淡々《たんたん》とした降りが気まぐれのようにきりっと止《や》み、見あげる夜空の雲間には星がまたたいている。すずちゃんを乗せたタクシーが遠ざかり、細い路地を曲がり消える。

横でいっしょに見送っていたはずの母はもうきびすを返していて、機能的だがそれほど地味でもない、高めの位置にひっつめにした頭が、せまい玄関をくぐろうとしていた。

母が「ママたち」と言ったうちのもうひとり、祖母が、わたしと目を合わせ、

「でも手みやげのお寿司、アタシはいっつもあれが楽しみで、あてにしてるんだけど。コハダでしょう、アナゴに、卵焼き」

街灯の投げかける光に短い銀髪を輝かせ、家へふりかえる。

裏にあった海産物を加工するちいさな工場が潰《つぶ》れてしまい、単身者向け賃貸マンシ

ヨンが建って、以来、ただでさえ築四十年になる木造の古屋《ふるや》は、いまにも背後から飲み込まれてしまいそうに見える。

母が廊下を行きながら、声を高くして言う。

「ママだって大好きよ、五十番《ごじゅうばん》の肉まん」

祖母も玄関でつっかけを脱ぎながら負けじと返す。

「ピリ辛のヤツがたまに目先が変わっておもしろいけどね、アタシは。それと、五十《い》鈴《す》《ず》の甘なっと」

「珍味堂《ちんみどう》のおかきにあられ、蓮根《れんこん》を揚げたの」

「葉とうがらしの佃煮《つくだに》、あれは」と祖母がど忘れして、

「有明家《ありあけや》」母の笑い声が響く。「きゃらぶきもいいわね」

わたしが幼いころから、すずちゃんは手みやげをたずさえ「お姉さん、すずです」と戸口で名乗る、近いような遠いような不思議な距離感を持つ存在だった。

親戚なのだからもっとくだけてもいいのに、馴れあう感じのそぶりはちっとも見せずに、でもくつろぎ、うきうきとしゃべり飲み食べて、長居せずに帰っていく。

酔っているのも見たことはない。いとまには、ごちそうさま、また寄らせてもらいます、と祖母へ、ちょこんと頭をさげる。それからお姉さん、からだに気をつけて。

十歳ぐらいまでは、彼女は食べもの屋さんをしているのだと勝手に決めつけていた。それを、最近になって思いだし、話すと、すずちゃんはいつもさびしげに見える横顔を少しだけほころばせ、透きとおるように白い額《ひたい》を上向けながら言った。

「消えものは相手の負担にならないから」

食べものや花などを〈消えもの〉と呼び手みやげの王道でもあるのに、すずちゃんが口にすると、うしろに深い意味が隠されているかのようだった。その場かぎりのもの、邪魔にならないもの、贈り先に跡形を残さない。

もしやすずちゃんは、自分の身のうえを重ねあわせているのかもしれず、わたしはそのときから、きれいな包装紙に紙紐《かみひも》、店や商品のいわれを記したしおりなどをなるべくとっておくことにした。

でも、それらを押入れに溜めこんだからといって特にどうということはなかった。これから訪れると都合を訊《き》いてくる電話や、「お姉さん、すずです」と玄関先で名乗る声、四人でかこむ食事やお酒やお茶のひとときを待ちかねる期待のほうが、わたしの心のなかでずっと確かな存在感を持っている。

女三人の家庭にあって、わたしたちはなにかにつけすずちゃんを話題にした。三世代共通の関心事であり、案ずるに値《あたい》する悲恋でもあり、家の外では口にできない取扱厳重注意のゴシップだった。

すずちゃんは母の腹ちがいの妹で、ひとまわりと少し歳の離れた三十八歳、やわらかなたたずまいとは裏腹にいっぱしの個人事業主として、目白《めじろ》通りが外堀《そとぼり》通りと交差する少し手前のあたりで、中古の一軒家にひとり棲《ず》まいをしている。自分の仕事を、子どもの工作の延長みたい、と言う。おもちゃのおうちを作って、よろこばれて、お金がもらえるってわけ。

おもちゃではけっしてない建築模型は、イメージを目に見える形に変え、数字や平面図ではあらわしきれない建物の実感を、顧客に伝える。施工前のマンションを売りだすときに展示場に置かれ、注文住宅の打ちあわせで全体のデザインを確かめるため必要となる。

建築事務所などから注文を受け、青図やCADデータを元に、精確な縮尺模型を作る技術は「工作」の範疇《はんちゅう》をゆうゆう超えている。大工さんでしょ？　とわたしが言えば、すずちゃんは、棟梁《とうりょう》って呼んでね、とにっこり笑った。

仕事場を兼ねる自宅でひとり、黙々と、数字だらけの図面やパソコンや、細いほそい枠のサッシ、てのひらにのる畳、タイル、内壁外壁屋根材などを相手に、すずちゃんは暮らしていた。仕事先の人とは外で会う。

わたしと祖母は、遠慮して訪ねない。母はときどき仕事帰りに寄るらしい。

どれぐらいの頻度か知らないが、ある男が、人目を忍びやってくる。わたしはそいつを好きになれない。

祖母は言う。

すずちゃんといっしょになったところで、官僚から代議士へ出世街道を駆けのぼってきた男になんの利益もない。あの男の奥サンは、実家の家名の格と、財産だの縁故だのの実益、両方を兼ねそなえたとびっきりの上玉だよ。わざわざ、価値は身ひとつの女に乗りかえるなんざ、なんとかの沙汰っていうもんだ。すずちゃんを陽の当たる場所へ出すつもりなぞないのさ。

三十年も生きていれば、わたしにだってそのていどの判断はつく。社会や人がどんなものか、また、期待とは往々にしてひとりよがりの別称であることも、理解している。

でも、と釈然としない気持ちでうつむき、ふたたび顔をあげたとき、祖母はすまし顔でこちらを見ていた。

ま、そうは言ったってさ、と明るい声でつづける。

名門だ大家だナントカ族ナントカ閥《ばつ》などとは、このちっぽけな島国の、それも矮《わい》小《しょう》なサークルの利害についていうことであり、ちょいと国境を越えればたちまち通用しなくなる常識にすぎないからこそ、〈格〉などとさも意味ありげに呼ぶ必要があるのかもしれない。

だからといって、〈格〉が無意味というのではない。

アタシなんかが、角のおでん屋のまっ黒い注ぎ足し煮汁を格別に思うのと、家名を重んじるとかそういうのは、結局のところどっちも、他人にはあんまし意味のない、個人の好きずきってことだよ。

価値は身ひとつと言いきる、世界大恐慌の年に生まれた祖母を、わたしは誇らしく思った。

価値観は、時代や環境によって変わる。アフリカ大陸のさる民族は、その〈格〉ってのは牛を何頭連れているんだ？　と訊き、また別の土地に暮らす人たちは、特異な刺青《いれずみ》の線の数とか、男たちが好きな女に捧げるため織る独特な布の出来を、判断の基準として訊《たず》ねるだろう。なかには、妻や子をたくさん養うのがステイタスのところもある。もしも「お宅の娘さんを第二夫人に迎えたい」と外国人が申しでたとして、祖母と母の迎撃はちょっとした見ものになるだろう。

男と奥サンのあいだに子どもはない。だから別れにくかったりもすると、これは母が言う。

どういったためぐりあわせか、奥サンはよりによって母の店のごひいきさんで、週に一度、店長である母を指名してフットマッサージの施術を受ける。

意外とね、そんなこともあるのよ、と母は、気の抜けた表情で言った。

なにしろ、子どもをもうけるってのは区切りになるから。男と女が出会って、漫才みたいにコンビを組んだ目的達成、っていうかね。ひと仕事おえたとか、お礼っていうのかしら。もちろんそれは夫婦おたがいに。子どもは贈りもののような気がするわ、少なくともママはね。

どうやらわたしは母からの贈りものらしい。

〈消えもの〉ではない、すくすく育つわたしを贈られた人、父は、もうこの家にいない。でも〈おたがいに〉なのだから、わたしは、父から母へ贈られたともいえる。ならばどちらの近くにいてもいい。

父は板前だった。錦糸町《きんしちょう》のカラオケパブで知りあったコロンビア人のアナスタシアにいれこみ、彼女の子ども四人が待つ国へ渡った。

いまは五人の子もちになり、現地でスシ・バーを開いている。メニューのいちばん人気はカリフォルニア・ロール、つづいてスシ・ピザに、豆腐のゲイシャ風。電話で聞くうち、なりふりかまわぬ父の弾けっぷりに敬意を表したくなった。

以前のわたしは、不在がちな父をそれほど好きではなかった。

母との仲が冷えているのは知っていたし、なかなか二番板から花板になれず愚痴の多かった父よりも母のほうが闊達《かったつ》で、フットマッサージの店をみごとに繁盛させ忙しくしていたから、愛がないなら別れりゃいいのに、などとわかったようなことをつけつけ言ったりもした。

アナスタシアとの交際をきっかけに両親が離婚すると、父の母親であり家の持ち主である祖母が、このままいっしょに暮らしたい、と母に言った。父はすでにコロンビアへの渡航を決めていた。家族の誰にも異存はなく、女三人の所帯になり七年が経つ。

「パパが、俺の娘によろしく、って言ってたわよ。確か、きのう、いいえおととい」

母はときどき思いだしたように教えてくれる。

ちゃっかりコレクトコールでコロンビアから店へかけてくる国際電話の用件は、娘は元気か、おふくろの口はあいかわらず無駄に達者か、そのふたつだけと肩をすくめる。

「ママのことなんか、ちっとも心配してくれないの。あの、子宝オヤジ」

「五人のうち四人は連れ子でしょ。結婚してから生まれたのはマリア・カルメンひとりじゃん」

「おなじことよ」

「そうなの？」

「そう、おなじ。ママが産んだあなたも、アナスタシアが産んだ五人の娘も、ぜんぶパパの子どもなのよ。もしも違うなんて言ったら、ママ、コロンビアまで飛んでいってお説教しちゃう」

「君は実に六人の子に恵まれたのだ、運命に感謝しなさい、って？」

「六人の娘と、いまの妻と、かつての妻と、産んでくれた母にもよ」

「しあわせだ。女だらけ」

「しあわせよ。だいいち、ママはパパときれいさっぱり別れてあげたんだから。こっちにはなーんの未練もないし、なんにも要求しなかった。パパはとにかく、娘たちのことだけ責任を持てばいいの。なんと気楽な人生」

マグダレーナ、マルガリータ、カタリーナ、クリスチアーナ、それからマリア・カルメン、母は五人姉妹の名をよどみなく挙げ、さいごに、自分が産んだ娘の額を指先でやさしく小突いた。贈りもののわたしは、地球のあっち側とこっち側、父と母のあいだに挟まれ、交信の口実として立派に役立っているらしい。

父は月に一度、祖母にも電話をする。働いている母とわたしが留守の昼間で、こちらはコレクトコールにはしない。

祖母によれば、父がかならず訊くのは、母が「しあわせにしているか」、フットマッサージ店の経営は「順調か？」。

ひと月でそうそう事情が変わったりしないよ、と祖母が毎度あきれて、家庭の無事を請《う》けあう。電話があった日にはわたしの帰りを待ちうけ、末っ子マリア・カルメンが初めて卵を焼いただの、風疹《ふうしん》にかかっただのと最新ニュースを伝えてくれる。

「おばあちゃん、やっぱりいっしょにコロンビア行ってマリアに会おうか？」

わたしが勧めても、

「ママがあんたを心配する」

麻薬がらみの抗争に、身代金めあての外国人誘拐、爆弾テロ、渡航に適した土地ではないからと断る。望むらくは、もっと頻繁《ひんぱん》に孫の写真を送ってきて欲しい。

わたしは「そうよね」とうなずき、祖母が「そうだよ」と負けじと深くうなずく。

「アタシのことだって、もっと気づかってもバチはあたらないだろうに。あの、果報者の親不孝息子」

「気づかうって、たとえばどんなふうに？」

「再婚しないのか、とかね」

祖母にはボーイフレンドがあり、あたらしい芝居がかかるたび、極々鮫《ごくごくさめ》や毛万《けまん》の江《え》戸《ど》小紋《こもん》、夏ならばさわさわすずしい小千谷縮《おぢやちぢみ》で着飾ってうきうき出かけていく。

母にも恋人がいる。まだよ、と言って、会わせてくれない。どこのどんな人かすら、祖母にもわたしにも教えない。

たまに、不安になる。父がそうだったように、また、すずちゃんの相手がそうであるように、母の好きな人がフリーじゃなかったら？

たとえば深夜、そろそろ寝ようとテレビを消したところへほろ酔いの母が帰ってきて、パジャマ姿のわたしの前をなんでもないように装いながら通りすぎる。

「ただいま。戸締まりよろしくね」

アンバーとバニラの残り香《が》が、わたしのシャンプーの匂いなど簡単に圧倒してしまう。

母はもともと大雑把《おおざっぱ》な性格だが、機嫌がよければそれだけ、いいかげんさを増し、身のまわりに無頓着になった。灯りがつけっぱなしの玄関に、脱ぎ散らされた上等なサンダルが転がっている。細いストラップの、官能的な危うさに、はっきりと悟った。たとえ家族であっても、踏み込んではいけない領域がある。

いつまでも親鳥と雛《ひな》のまま、変わらぬ位置関係にある親子は少なくないように、世間を見まわして感じる。でも母は、中学、高校、大学と段階を踏みつつ徐々に、わたしを女として対等に扱うようにしてくれた。

だからわたしも、母を、保護者としてではなく、女として見るし、そうできているとも思う。ただ、相手のためを思っての干渉は、いったいどのていどまで許されるべきか、わからない。

母が、帰っていくすずちゃんの背中を「かわいそうな子」と見送るたび、似た迷いを感じる。

ときどき、代議士の男を「バカヤロ」と思うさま罵ってやれたらと、想像する。うすらとんかちで塩けの足りない弱気な板前の父ですら、よいしょと弾みをつけコロンビアまで飛んだのだ、お前も男のはしくれなら奥サンとすずちゃんにきっちりオトシマエつけやがれと言えば、気分がすっきりするだろうか。でも、奥サンから見たら泥棒猫のすずちゃんをつかまえて「あなたがしている行為は不倫といって社会的にイケナイことです」と責めたりできない。なぜならすずちゃんはわたしたちにとって大切な存在で、家族の一員だから、というのが本音のところになる。情はなさけないほどえこひいきだし、事情は、理にかなってそうなったとはかぎらない。


「リクくんちのママとパパね、むかし、恋愛してたんだって」

「やだあ、カノンちゃん。結婚って恋愛してるって意味じゃーん」

「えー、アヤカの嘘《うそ》つき。なんでおとうさんとおかあさんが恋愛するんだよ。気持ちわりいなあ」

「カイトくんのバーカ。恋愛しないと赤ちゃんできないじゃん」

「でもさあミユちゃん、カノンのママ、初めっからパパのことなんか好きでもなんでもなかった、って言うよ。ほかに生きていく方法がないから、結婚してるんだって。ママにはお金がないから。あたし、早く大人になって、ママのためにいっぱいお金稼《かせ》ぎたい」

　ふたたび雨になった秋口の昼さがり、学童クラブの遊戯室では、放課後の一年生が愛について私見を述べあっていた。

　午前中は保護者同伴の乳幼児クラスを開いているために、フローリングのひろい遊戯室には、カラフルなジャングルジムやすべり台など、プラスティック製の大型遊具が置かれている。

なかのひとつ、黄色い壁に赤い屋根のプレイハウスは内部が二畳分ほどもあった。おおきな窓からアヤカとミユ、開け放たれたドアからはカイトがそれぞれ顔をのぞかせ、あざやかな緑の人工芝でできた庭先にはカノンが、細く長い脚を無造作に投げだし座っている。

わたしは散らばった積み木やスーパーボールを拾い集めながら、注意ぶかく、なりゆきに耳を傾けた。恋バナの発端《ほったん》、リクくんなる人物は、この学童クラブの登録児童ではない。

「じゃあカノンちゃんさあ、リクくんと結婚したらいいよ。お父さんみたいな歯医者さんになるんだって。だから私立にしたんだよ」

「おれもアヤカに賛成。おかあさんが、歯医者は特に儲《もう》かるって言ってたぞ。リクんとこはな、シンビシカ、つって、がっぽりらしい」

「カイトったら、ほんっとバカ。カノンちゃんが自分でシンビシカになればいちばんいいんじゃん。それか、芸能人とか」

「ミユちゃん、あったまいい。そうしたらカノンちゃんのママ、恋愛できるよね、結

婚も」とアヤカが言い、

「おれんち貧乏だけど、おとうさんとおかあさん、なんで結婚したんだろうな」

カイトが静かに呟《つぶや》くと、みな考え込むように黙った。おもちゃの家から、さらに本物の窓を隔てた外、濡れた庭を見ている。

一帯は、埋め立てて増やした陸地で、町名には砂、塩、洲、島といった漢字が多く使われる。東京湾に面した工業用地であり、住宅地であり、団地には若い家族が暮らしている。

多くの家庭では、夫婦ともども働いて子を養う。駅前など利便がいい託児所は飽和状態、待機数が減ることはない。出産育児のため一時的に家にいる主婦たちも、さてわが子をどこへ預けたらいいかと、復職の日まであれこれ手をつくし探しまわる。母子家庭の優遇枠をねらう偽装離婚の噂《うわさ》も聞く。

わたしの勤める児童館では、午前をまるごと、乳幼児と保護者のために開放し、無料の体操教室を開いたり、保育士による育児相談も受けつけている。

午後には、ランドセルを背負った一年生が「ただいま」とにぎやかに学童クラブの部屋を訪れる。

宿題をしたり、図書室で本を読んだり、遊戯室を走りまわったり、なかにはここから習いごとに出かける児童もいる。上級生が順に加わり、おやつの時間を挟むと今度は、ひとり、またひとりと帰宅し、静けさをとりもどす。

いちばん乗りしてさいごに帰るカイトが、迎えにきた母の姿を窓から見つけた。ランドセルを揺らし玄関へ駆けていく。

暮れがたの空は雨があがり、街の灯りが、ぼんやり濁った朱色に低い雲を染めている。

傘を忘れずにと声をかければ、カイトは自慢げに、いいかげんにたたんだ黄色い傘を高くかざした。若い母親が、化粧っけのない頰《ほお》をゆるませ軽く会釈《えしゃく》をする。それなりにやつれてはいるが、薄く笑うだけで美しい。

じつのある男がなにより好きなのは、惚《ほ》れた女を笑わせること。ずっと前に、父から聞かされた。

いいか、憶えとけ。お前を笑わせようと四苦八苦する男なら間違いない。ただしじっさいにおもしろいかどうかは、また別の話だぞ。

思えばわたしの母は、笑わせる努力など必要としない、おのずと瑣末な愉しみを見つけ鼻歌まじりに生きている女だった。

母の姑《しゅうとめ》にあたる祖母もまた、かしましく笑いこけるような性格ではないものの、豆のくつくつ煮える鍋をのぞきこみながら台所でひとり常磐津《ときわず》を歌っていたりする。おそらく父は、たまたま、笑っていることの得意な女たちにかこまれ生きてきただけではなかろうか。

コロンビアでは父の五人の娘たちが朝食の卓にならぶころ、わたしは職場から直行した居酒屋にいた。

そろそろ九時、とユウジをうながす。ああうん、まあでも、と彼は、空になったビールのグラスへ伸ばしかけた手を挙げ、店員にウーロン茶を頼んだ。

ユウジと出会ったのは二年前、わたしが前の会社を辞め、再就職先を探していたときだった。

友人の紹介で赴《おもむ》いた、耐震基準を満たしているとはとうてい思えない雑居ビルの一室に、彼と、共同経営者のもうひとりの男性とがいた。

印象は上々だった。個人のサイト運営者を対象に、広告の斡旋《あっせん》や管理の代行とサポートをする業務内容にも将来性を感じた。けれども、フロアごとトイレが共同で、エレベータには避妊具が落ちているビルになぞ勤める勇気はない。

返事を訊いてきた友人に遠まわしに断った。

ユウジのことは、ひと目見たときから特別に思えてならなかったし、業務内容の説明を受けているときにもやけに目が合うなあと不思議だったものの、二週間も経ってから電話があったときには、ああそういえば、といったていどにまで記憶が薄れていた。

すでにあたらしい職場に通いはじめたと言いかけるわたしをさえぎって、彼は、緊張に喉をつまらせつつ言ったのだった。

いいえその件ではありません。面接時に受けとった個人情報をほかの目的に使用してはならないのですが、あの、ええと、個人的に電話してもよろしいでしょうか。けしからんとお思いでしょうが、今回は非常時です。

「なに笑ってんの?」

ユウジがウーロン茶のグラスに唇をつけ、わたしの冷酒のグラスをうらやましそうに見ながら飲む。わたしは、一年生四人組がおもちゃのおうちで真剣に語りあっていた両親の恋バナについて話した。

じっと耳を傾けていたユウジが、俺がガキだったころは、と意外にも真面目な顔で語りだす。

「両親が恋人だとか、だったとか、そんなの想像もしなかったなあ」

サラリーマンの夫と専業主婦に子どもはふたり、政府が想定する〈標準的な家庭〉

に育った。

スーツ姿で生まれてきたような父と、ひらひらのついた花柄エプロン抜きでは姿を思いだせない母は、些細《ささい》な原因からいさかいを繰り返していた。たがいに惚れているそぶりもなく、なにかにつけ〈子育て〉を持続の理由にしてきた夫婦は、本当に恋人だった過去を持つのか、大人になったいま顧《かえり》みてもわからない。

「兄貴も言ってたけど、自分らが足枷《あしかせ》あつかいされてるかと思うとうんざりでさ。いいかげんにしてくれ、とっととひとり立ちするから、って、なんか自分の家なのに肩身がせまかった。あんたらふたりの人生、俺らがぶち壊したのか？　って」

ユウジが両親の話をするのは初めてだった。安易にあいづちを打ったり、場をシラケさせないためだけに受け答えするのははばかられ、黙っているわたしに、ユウジは、ゴメンと言った。

「けどお前、変わった。話してると、すぐ子どもの話題になるもんな」

初めのうちは、仕事のことは話したくない、とかけっこう神経質になってたろ、と残りのウーロン茶を飲み干して立つ。

仕事を抜けだしてきた彼は、これからまた残業をつづける。

「運がよければ」と、ちゃっかりクーポンを使って支払いをすませ言った。

「二時ぐらいには目鼻がつくかもしれない。ああでも、ゆうべはけっこう睡眠とれたんだ」

わたしは、とにかくからだに気をつけて、と念を押し、二年前には予想できなかった神宮前《じんぐうまえ》のまあたらしいオフィスへもどっていく背中を見送った。

ユウジに指摘されるまでもなく、わたしの毎日は子どもたちを迎える準備に始まり、子どもたちの無事な帰宅を見届けて終わる。子どもの時間に寄りそい、ひとりひとりの事情を把握して、つかの間でも家庭の代わりとなる場所にその子がなにを求めているか、目と耳をすます。

正規雇用の誘いを受けたのは、昨日の閉館後だった。必要とされるよろこびを、屈託《くったく》なく感じられたらどんなにいいだろう。でも、わたしは迷っている。

同僚を監視させられるような労務管理の仕事にほとほと嫌気が差し、ちいさな商社を辞めたのは、二年と少し前だった。

しばらくは充電としゃれこみ英会話を習うとか、バックパックで海外へ、などと平凡に夢見もしたが、無職は性分に合わずいらいらして、すぐに職を探した。

ユウジの会社をこちらから断ったのは例外だった。ほかの企業との面接ではことごとく不採用、十件めで、児童館の指導員として半年更新の契約を結んだ。学生時代になんとなく取っておいた教員免許に救われたが、あくまでやりたいことにめぐり逢うまでのつなぎのつもりだった。

「せんせい」と子どもらから呼ばれるたび、思う。わたしは先生じゃない。まだ、先生になると決めたわけでは。

勝手な考えだが、臨時職員の身のいまは、勤務時間だけ「せんせい」に身をやつしている。けれども正規雇用になったらさいご、頭のてっぺんから爪先《つまさき》まで、二十四時間、子どもたちの庇護者の役目を強いられそうで、おじけづく。それに、わたしにはユウジがいる。

ときどき、わけもなくほかの女の影を探してしまう。

午前二時に仕事が終わると聞けばそれまで起きて待つ女、自分の予定などは立てず、ひたすら彼が仕事にうちこめるよう裏方に徹する女、そんなライバルが出現したら、わたしはずいぶん見劣りするのではないか。

起業家としてはほんの駆けだしかもしれないが、都心の一等地にオフィスをかまえる彼にとって、このわたしは、ふさわしいだろうか。

成功した男に憧れ、彼が所有する一流品のひとつになりたがる女は、いくらでもいる。

聞きわけよく見送っておきながら、夜道をひとり歩けばさみしく、「たった二時間、やっつけ仕事みたいに会ってくれてもうれしくない」などと、心のなかの彼を不当に責めた。

本人にじかにあたらずに、隠れてこそこそ恨みごとを言うのは卑怯《ひきょう》な気がするけれど、ユウジが目の前にいるときは上機嫌で、不満などコロリと忘れているのだからしかたがない。

顔を合わせた瞬間に、わだかまりが消える。ああ元気だったんだな、よかった、といとも簡単に安心する。いっしょにいられたらそれでいい。

たった二時間、でもその二時間を捻出《ねんしゅつ》するのが、ユウジの忙しさを考えればどれだけ大変かわかっていた。わたしの心のなかに棲む彼が、信用ないなあ、と文句を垂れる。

俺は、なんとも思っていない女のために無理して時間を作るような男か？

さあね。どうかしらね。

生まれてしばらくのあいだは誰もが子どもで、あとは人それぞれ、大人になったり、ならなかったりする。

子どもはかわいい。かわいいが、ときどき騒々しい。彼らのありあまるパワーにふりまわされ、へとへとになる。子どもらの野蛮さは、大人の知恵をやすやすと打ち砕くことがある。

「こんなときまで、あの落ちつきのない六歳児の集団につきまとわれたくなかったのよ」

飾りけのない絹のカクテルドレスの新婦が、わたしの耳もとで言う。

親の希望を容れ、型どおりの披露宴など催せばどんな事態が待ち受けているか。芸能発表会と勘ちがいして張りきってスポットライトを浴びようとする親戚に加えて、一年一組の総勢三十二人が「せんせいせんせい」と口ぐちにバタバタ、アヒルが行進するように押しかける。

こぢんまりしたレストランには、泡の立つフルートグラス片手に会話を楽しむ大人の姿だけがあった。会費制の立食パーティーに集っているのは新郎新婦の友人のみ。マイクロバスがまとめて運んでくる御両家御一行様も、勤め先の上役も、抜け目なく嗅《か》ぎつけ割り込んでくる地元政治家の代理の秘書もいない。

クリーム色をしたエンパイア型ドレスが似合う新婦の理佳《りか》は、人の輪の中心にいる新郎へ軽く手をふり、周囲をひととおり見渡してから、さあじっくり話しましょうというようにこちらへ向きなおる。

「実は彼、もうちょっとで折れるところだったの。姑が裏でうるさく言ったみたいでさ、ウエディングドレスを着せておかないと女は根に持つとか、披露宴は昇進にかかわりがあるとかね。教え子がやかましいなら呼ばなけりゃいいでしょう、とかって」

理佳とわたしは大学の後期試験でともに遅刻しかけて、見ず知らずのたがいを励ましつつ駅からならんで走った仲だった。教育に興味はなく偏差値で学部を決めたわたしが教員免許を取得したのは、おなじゼミで学んだ彼女に「女は手に職」としつこく誘われたせいもある。

座って話そう、と理佳は近くの椅子を指差す。

よろこんで同意するわたしの足は、母に借りた馴れないピンヒールでかちかちになっていた。腰を落ち着けた理佳が、呼ぶ呼ばないは問題にならないとほがらかにつづける。

「おおっぴらに婚姻関係を披露するつもりなら、教え子だけ拒むなんてできないよ。それにあいつらは呼ばなくたって来る、きっと来る」

「貞子《さだこ》じゃあるまいし」わたしが笑うと、理佳は困ったような顔で、片目をつむってみせた。

「去年の八月に同僚が披露宴をやったのね。親の体面も大満足の紀尾井町《きおいちょう》のホテルウエディング。夏休みなら、子どもたちの関心をやりすごせると踏んだわけ」

同僚は女性で、当時の六年生を受け持っていた。結婚は、休みあけに事後報告する心積もりだった。けれども善意の教頭が内密に手配して、披露宴会場へ児童らを呼び寄せ「世界に一つだけの花」を合唱させた。

給食費すらなかなかそろわない保護者たちからも金を集め、教え子一同からのお祝いとして金ぴかの置時計と花束も準備していた。

新婦の困惑をよそに、招待客らはしきりとシャッターチャンスをねらった。はいみんな先生とならんで一枚、目線こちらにください。ああ駄目だよ君、花束はすぐに渡さずに、そう、その体勢で手を止めて、顔はこっちに、さあ笑って。

先生まだ結婚しないのか、子どもの作りかた教えてやろうか、などとつきまとっていた大柄な男の子から、ご主人と頑張ってたくさん赤ちゃんを作ってください、と花束を渡されたときには、気分がわるくなり退場する羽目になった。

「そのあと保護者から苦情が山ほど。電話にファクスにメール、怪文書」

理佳はほんの口分残っていたシャンパンを飲み干し、すかさずやってきた給仕におかわりをもらう。

わたしは、保護者たちがいったいなにに反応したのかが気になっていた。ご祝儀を徴収されたから？　いいえと理佳が答える。

「あんな無責任な教師に担任をやらせていたとは実にけしからん、ってな調子」

「なんでそうなるの？　お祝い返しをしなかったとか」

「じゃなくて。花束を渡す役の男の子が、先生はつわりで退場した、ってデタラメを自分のサイトの掲示板に書いて、まわりまわってほんとうにされちゃったってわけ。出産予定日も勝手に決められてるし、年末から産休に入るとかね。それで保護者が怒った。進学目前のだいじな時期に教え子を放りだすつもりか、って」

「その男の子、どのていど悪気があったんだろ」

「いじめよ。れっきとした」

「でも親もちょっと意地悪ね。だいたい、お受験の子は冬休みあけから堂々と親が休ませたりするでしょ？　インフルエンザがうつるとか、直前対策に集中させるとかいって。公立に行く子ならそのまま持ちあがりで問題ないし」

教師は子どもを産んじゃいけないの？　と憤慨《ふんがい》するわたしに、理佳は、

「あたしはまったく逆の理由で叩《たた》かれたけど」と、あっけらかんと笑いかけ、

「子どもを産んでない女には子どもの気持ちがわからない、一年生はだいじな時期だ

からすぐにも担任を替えろ、って、夏休み前の保護者会で、お母さんたちから」

大人はひとり残らず子ども出身なのにね、忘れてるんだわとグラスをかかげた。

土曜の昼からシャンパンを飲む贅沢《ぜいたく》に、絆創膏《ばんそうこう》の独特な臭いはいかにもそぐわない。

帰宅してまっさきに手当てした靴擦れがじんじん痛みはじめて、そういえば子どものころには、母の心づかいがいかほどであろうと、いかにいい靴をあつらえようとも、おろしたてではかならずどこかが擦れたものだったと思いだす。

祖母が、そろそろいい時分だね、とふるい柱時計を見あげた。

「あんたも飲むだろう?」

しゃっきり立って、台所へ行く。そして、ヱビスをふた缶と、小ぶりなイカをワタごと煮てある気に入りの缶詰を手にもどった。

飲むのは五時からと祖母は決めており、特に理由はないと言いつつ頑なに守っている。

傍目には取るに足らぬこだわりは、己を縛るだろうか、それとも、一本しっかり背骨を通し律《りつ》する助けになるのか。

わたしは食器棚からグラスや小皿を出し座卓へならべる。箸を忘れ、取りに行っているあいだに、祖母は手酌でやりだしていた。箸を受けとるなり、イカの姿煮から、すらりと一本、軟骨を引き抜く。厳密には骨ではなく、貝殻が退化したものと聞いたことがある。

「お先にいただいてるよ。理佳ちゃんに乾杯」

「ありがとう。乾杯」

「突然で驚いたけど」

あんたはまだかい、などと無粋な軽口はけっして言わず、おそらく思ってすらいないだろう祖母と差し向かい、グラスを軽く鳴らした。

急な結婚のわけを、理佳は、保護者会でつるしあげをくったおかげ、と苦笑しながら教えてくれたのだった。

あたしたち、六年も付きあってるのに一度だって将来の話をしなかった。でも保護者会のことうちあけたら、彼、俺はずっとプロポーズしかねていたんだ、って怒りついでに言ったの。仕事に打ち込んでいるあたしを邪魔したら、嫌われるんじゃないかと心配だったんですって。失礼しちゃう。

よくあるあれよ。理佳は、わたしの背中をてのひらで力まかせに叩いた。〈君はひとりでも生きていける女だから〉とかって都合よく決めつけられて、猫っかぶりの吸血女が甘い汁すってんのを指くわえて見る羽目になる。

理佳の目には、わたしもその損なタイプに映るのだろうか。肝心なことを訊ねる前に、やきもちを焼いた新郎が、なんか楽しそうだな、と新婦を奪回しにきた。

そういえば前の会社にいた当時、休日返上で勉強して社会保険労務士の資格を得たわたしに、男性上司が、男なんかいなくても生きていけるな、と皆の前で嫌味を言った。社会保険労務士に教員免許ね、さては君、理容師と看護師の資格も持っているな？

僕の趣味は妻、と公言してはばからないマイホームパパで、財布には子どもたちの写真、ちょっとした美男子の、憧れの男性だった。わたしはまだ、あのときのことを気に病《や》んでいるのだろうか。

「ねえおばあちゃん、子どもでいたほうが、男をつなぎとめられるのかなあ」

「藪から棒になんだい」

「うん、なんか急に頭に浮かんで」

言ってしまってから、ああそうか、無意識にすずちゃんを連想していたんだ、と腑《ふ》に落ちた。でもわざわざつけたさなかった。祖母は気づいている。汗をかいたビールの缶を見つめ、言った。

「すずちゃんは、確かにお子様ではないね。わがままなんて言いやしないだろうし、手もかからない。いつでもニコニコしあわせそうに笑っているさ。しあわせだろうと、ふしあわせだろうと」

「すずちゃんが大人だから、いけすかないあいつは安心して彼女を放っておける」

どこがいいんだかあんなおっさん。すずちゃんより背は低いし腹の肉なんかベルトにちょんとのっている。でもなんといっても、エリート官僚から政界を目指すステレオタイプな思考回路が気に入らない。

生まれたての小鳥みたいな頭も猪首も短い脚だって、もしも焼き鳥屋とかお好み焼き屋の大将だったりふるいジャズをレコードで聴かせるカフェのマスターだったりするなら、さぞかし魅力的に見えるだろう。

酔いにまかせて悪口ばかり、それも外見なんかをあげつらうのは下品かしらとさすがにうしろめたく、口を閉じたわたしに、祖母が軽快に言い放つ。

「いいじゃない」

本気かしらとよくよく見れば、目もとがいたずらっぽく笑っていながら、あながち嘘でもなさそうな表情にも思え、勢いを殺《そ》がれた。

すずちゃんはある日とつぜん、ぷつん、と切れたりしないのだろうか。なにもかも腹に収め笑ってきたからこそ、逆に、もうこれで限界、というときにものすごい反動がきそうに思える。

頭を冷やすつもりでビールをひと口飲んだ。イカの身は、箸を当てただけでほろりと割れ、ワタには滋味がある。

祖母が、急に声をあげて笑い、

「なんかいいところがあるんでしょうよ、あの男にもひとつぐらい。すずちゃんにしかわからないないなにかが」

「錯覚っていうんじゃないの？　そういうの」

「あれもこれも、この目に映るものはすべて、他人様が見ているものとは別ものさ」

だからそれを錯覚と呼ぶならそうだね、と梁《はり》にかけられた祖父の遺影を見あげた。

休みの日曜だというのに翌朝は誰より早く目覚めて、もうすこし寝ていたかったたと悔やみつつ布団から這いだした。

空腹に負け食事のしたくを始めると、母が起きてきて、あら助かった、ママはシャワー浴びちゃおうかな、と鼻歌まじりに風呂場へ行きかけ、すぐにふりかえる。そうそう、おみそ汁の具は豆腐とワカメにしてね。

納豆、浅漬け、だし巻き卵の定番おかずがならんだところへ、いつもいちばん朝寝坊の祖母が顔を見せ、めずらしいこともあるものだとみそ汁の湯気ごしに母と顔を見合わせた。祖母は、アタシが早起きしたら巨大隕石《いんせき》でも落ちてくるって？　といくぶん機嫌を損ねた様子でテレビをつける。

見憶えのある不敵な顔が映った。ニュースキャスターは緊迫した口調で、凶器だ犯人だと物騒な言葉を矢継ぎばやに繰りだす。

「殺された？」と母が訊く。

「ううん」わたしは耳をすませながら答えた。「死んだとは言ってない。暴漢に襲われた、としか。ああ、ここに住んでんの、あの男」

事件現場として赤坂《あかさか》の一角が映った。アスファルトの路面に血痕は見えない。キャスターは、繰り返します、と概要を述べ、つぎの話題に移る。母がテレビのリモコンをつかみ、ほかの放送局のニュースを探す。

この家では「あの男」と呼ばれる代議士が、議員宿舎にほど近い路上で何者かに斬りつけられた。

さいしょに観たニュースは軽傷と伝えていたが、別のチャンネルでは怪我はなかったと断定していた。居合わせた通行人による目撃情報として、襲撃犯は帽子を目深にかぶった女、と報じ、代議士本人のコメントはない。

事件が発生したのはきのうの夜十一時すぎ、それからすでに九時間が経過しているというのに具体的な情報が少なかった。朝刊にも記事はない。一家三人がそれぞれの携帯電話を持ち寄り、すずちゃんから着信がなかったことを確かめあう。

「まさか」と母が呟いた。恐れるような表情で口をつぐみ、わたしを、つづいて祖母の目を見る。

「およしよ」祖母がつよい口調で言った。「くだらないことを考えるものじゃない」

母は、そうね、とコマーシャルに切りかわったテレビへ顔を向ける。情報の少なさと、目撃された犯人が女であったこと、襲撃は未遂に終わっていること、その三つがわたしたちを惑わせる。

代議士の周辺ではすでに犯人の手がかりをつかんでいて、事を大袈裟にせずうやむやに終わらせたいのだとしたら？　仕損じたのは、襲った女がつい手心を加えてしまったせいでは？

このところ、すずちゃんに思いつめていたふしはなかったか、この前に家に来たとき気になる話をしなかったか、わたしがそれらを必死で思いだそうとしているように、母と祖母もやはり無言で考え込んでいた。

朝食はすっかり冷めた。

情報収集に見切りをつけた母がリモコンを祖母へゆだね、ためらうそぶりを見せてから、電話をかける。そして、ああ、と落胆したため息をついた。

「携帯も家も留守電になってるのよ」

交互に三度ずつ呼びだして、あきらめた。ママは仕事を休めないから、とわたしを見る。

「仏壇の奥に預かってる鍵があるの知ってるわね。あなた様子を見てきて」

「もうちょっと待ったら？　すずちゃんち行くのわたし初めてだし、留守宅に侵入なんて気がひけちゃうし」

「なに言ってるの。ママの代理なんだからいいの。風呂場とかトイレとかぜんぶ確めるのよ」

ちゃんと食事しなさい、動くのはそれから、と母はあわただしく出かけていった。

わたしは仏壇のひきだしを外して、二重底から予備の鍵をとりだし、そのあいだに祖母が、みそ汁を温めなおした。

気もそぞろに、ふやけてやわらかくなったワカメを箸ですくえば、とろりとすべり落ちる。

「なにもないさ」と祖母が言った。

わたしはうなずく。あの男の消息なんぞ知ったことではない。すずちゃんさえ泣いていなければそれでいい。

警察がいたらどうすればいいのか。頭のなかに気がかりはあっても、口に出し祖母に訊くのはためらわれた。緊張から、道々ずっと肩を怒らせていて、探し当てた通りに車も人影もないとわかり、ようやく力を抜く。

初めて訪れるすずちゃんの家は、女がひとりで暮らしているとは想像もつかない、木造モルタルで赤いトタン屋根の、くたびれた一軒家だった。

ふるさは話に聞いていたが、これほどまでかと驚く外観にそぐわぬ立派なインターホンと防犯カメラに、二度びっくりする。

ホームセキュリティー大手のステッカーを横目に、チャイムのボタンを押した。じゅうぶんな間隔を置き、二度、三度。つぎは携帯から電話をする。

応答はなかった。なにも知らずに眠っているのかと想像してみる。たとえば前の晩に遅くまで仕事をして、疲れをとるため、電話の音を消して寝たのかもしれない。玄関のチャイムは布団をかぶってやり過ごす。考えられないわけではない。鍵はふたつあった。ずいぶん用心しているんだなあと思いながら開錠し、息をつめドアを開く。

まっさきに目に飛び込んできたのは、鮮やかに赤い携帯電話だった。玄関のあがりかまちのまんなかに、生成りの麻のストールとともに置かれている。脇には、およそすずちゃんらしくなく脱ぎ散らされた室内履《ば》きが、ひっくり返ってソールを上向けている。

「すずちゃん？　いないの？」

無駄を承知で呼びかけ、出がけに置き忘れたのかしらと想像してみた。バッグを肩にかけたすずちゃんが、靴を履こうとして、手に持っていたストールと携帯が邪魔になりいったん下へ置き、そのまま外へ出たのではないか。

「すずちゃんごめんね、勝手にお邪魔します」

森閑とした家のなかはほどよく薄暗く、木がふんだんに使われ、やさしい印象を受けた。掃除が行き届いていて、なんとはなしに台所の煤《すす》の匂いを感じる。

玄関を入ってすぐが仕事場だった。見たところ八畳、かつては客間だったのだろう。

人の気配はないが、いちおう見渡してからつぎの部屋へ。リフォームされたリビングダイニングに浴室、トイレと、順に見ていく。よもや倒れてなどいないだろう。でも母に正確に報告しなければならない。

寝室の戸を開ける罪悪感はそうとうなもので、ノックをして、ちらとなかを見たらすぐに閉め、なんとなく抱いていた〈愛人の部屋〉のステレオタイプなイメージを恥じた。

もちろん、すずちゃんが呑気に眠りこけているようなことも、なにかの理由で昏倒《こんとう》し仮死状態などという恐ろしい状況でもなく、シンプルな白いリネンで統一したベッドがあるだけだった。

母に電話をした。

すずちゃんは不在で、家中くまなく見てまわったがきちんと片づいていて不審な点はないこと、携帯電話を玄関に忘れていったらしいことを、ゆっくり冷静に報告する。

母は、家の電話を見るように言った。仕事場のそれはファクス機能つきで、留守番電話に伝言があれば赤いランプが点灯して報せるタイプだった。

どうやら伝言はないようだと答えれば、母は、着信も見なさいとつよく求めた。スパイみたいで嫌と拒むわたしに、ママが責任を取るから、と一転して泣きそうな声を出す。

「お願い。あの子にはママしかいないんだから」

それは、血縁のことを指すのだろう。

母の両親は三十年も前にあいついで亡くなっていた。

腹ちがいの妹であるすずちゃんは、生まれてすぐに認知され戸籍に入ったが、生みの母が産院から失踪してしまい、姉妹として分け隔てなく育てられた。両親を亡くしてからは、大学生になっていた母が、まだ小学生だったすずちゃんの面倒を見た。

電話機を操作して、ゆうべから朝までは着信のないこと、けさになってかかってきた三件の発信者はもちろん母本人であることを伝えた。

じゃあ、と母が言う。

「携帯電話も確認してみてちょうだい。あるんでしょ」

わたしは、玄関にそのままにしてあった携帯を拾いあげ、気が進まぬながらも開いてみた。

「ああ、ダメ。やっぱロックかかってる」

「暗証番号は？　誕生日とか」

「そんなわかりやすい数字じゃロックかける意味ないよ」

「いらなくなって捨てていった、っていう可能性は？」

「捨てるなら川とかでしょ。データも消えるし。きっと仕事だってば。携帯を忘れたせいで、連絡がつかないだけ。わたしたちが大騒ぎしてるの知ったら、いつもの調子でにこにこ笑うって」

「そうならいいけど」

　では電話に注意してしばらく待ってみてほしいと母は言い、「ごめんね」と悲しげにつけたした。

　勝手に入った留守宅のどこへ身を置けばよいか。待とうと決めたはいいが、所在なかった。生活感のない仕事場で、めずらしいさまざまな物品を眺め、朝からの興奮がつづいている落ち着かない気持ちを鎮《しず》めようとした。

　ごめん。作業台の前で、母に謝る。

　携帯にロックがかけられている、と言ったのは、咄嗟《とっさ》に口をついて出た嘘だった。心配して家に入るのはしかたなかった。隠れて生活しているのではないし、なにかあったときに、と鍵を預けたのも本人だから責めたりしないだろう。

　けれども、携帯電話をのぞくのは違う。心のなかに土足で踏み込むといったら大袈裟かもしれないが、日記や手紙をこっそり読むような、相手の信用を裏切る行為に思える。

とはいえ母が、小学生のころから母親がわりに見守ってきたかわいい妹を、自分の延長のように考えてしまうのも無理はない。

作業台には、ほとんど完成している建築模型があった。

個人の住宅だろう。平屋で、部屋数こそ少ないが、素人目に見ても豪華さはわかる。屋根が外されており、人形あそびのおもちゃの家にも、空の上から手の届かない幸福をのぞき見るようにも感じられた。吹抜屋台《ふきぬき》といったか、天井や壁を取り去り、斜め上からの角度で室内の様子を描いた、源氏物語絵巻などのむかしの絵を思いださせる。

見も知らぬよその家庭のリビングや寝室を眺めていると、さみしいような、心のなかにぽっと温かな灯が点ったような、複雑な気持ちになった。

少なくともすずちゃんにはわかっているはずだ。この模型は、間違いなくよろこびとともに迎えられる。

ではすずちゃん自身、好きな人と暮らす家を想像してみたり、実際に作ったりといったことはしないのだろうか。

疑問に思うそばから、それはないな、と気づいた。なぜかはわからない。

急に心細くなり、家に電話を入れた。祖母が出て、襲撃未遂のニュースを取りあげているテレビ局はなくなった、とおっとり言う。でもママは、まだしばらくそこで待ってろと言ったんだろ？　ごくろうさん、お昼を抜いちゃいけないよ。

お見通しの祖母に「うん」と返事をして、すずちゃんのためというより、母のために、腰を落ち着けた。祖母によれば、代議士は当初の予定を変えず、後援団体の日舞の発表会へ出かけており、夕刻からは派閥の勉強会に出席とのことだった。こっそり愛人に会っている暇などないだろう。

昼食と飲み物を買いにコンビニへ行っただけで、あとは暗くなるまでずっと、リビングのソファに座ったりラグに寝転んだりしながら本を読んだ。すずちゃんが、いい小説だから貸してあげる、つぎのときに持ってくると約束していたものだった。まるで、わたしの来訪を予感していたかのように、リビングのテーブルにぽつんと置かれていた。

読みすすめる集中力が途切れるたび、顔をあげ、ひっそり閑とした部屋のなかへ見るでもなく視線をさまよわせ、まさかね、と思い、打ち消す。まさかもうわたしたちと会わないつもりで、本を置いたわけじゃないよね、すずちゃん。

家の電話も携帯も鳴らない。母からわたしの携帯電話に連絡があり、いま店を閉めたと疲れた声が言った。

「ごくろうさま。ママのわがままで、あなたの休日つぶしちゃった。ごめんね、ありがとう」

電話を切ったあと、仕事場からコピー用紙を拝借し、帰ったら連絡ください、と書き置いた。読みさしの本は、名残惜しかったがもとの位置へもどした。

帰宅すると、祖母はとうに夕飯をすませており、

「ぴんぴんしてる、ってのも、それはそれでなんだか口惜しいねえ。コブぐらい作りゃ、気の毒にも思ってやるけど」

しれっとして言った。冷蔵庫から、冬瓜《とうがん》を薄味で煮含め鶏そぼろあんをかけたものと、作り置きしてある牛肉とゴボウの時雨煮《しぐれに》を出し、目顔で、ドアポケットの缶ビールを指し示す。わたしが無言で首を横へ振ると、屈託ない表情をほころばせた。

「アタシが聞き役になるから、まあとにかく話しなさい」

きょうは一日、あの男からの電話を待ってすごした。置き去りの携帯電話は一度も鳴らなかった。

ほかに連絡する手段はあるのかしら。あの男には暴漢の正体がわかっていて、まわ

りにそれを隠すため、すずちゃんに電話しないでいるの？　すずちゃんが襲ったの？　とりとめなく疑問を口にするわたしに、祖母が、本気で疑っているかと訊ねる。

いいえ、すずちゃんはそんなことしない。だからやりきれない。あの男がなぜ連絡してこないのか。どうして放っておけるのか。

「きっとあいつから電話がある。そう信じてたの。バカみたい」

わたしは、手に持っていただけの箸を置く。祖母が、なにかおあがり、と落ち着きはらって言うので、

「おばあちゃん、悔しくない？」

温度差に少しだけ腹を立て、つい、声を荒らげてしまったとき、玄関の引き戸を開く音が響き、母の声がした。

お門違いの相手に八つあたりしそうになり、きまりのわるいわたしに、祖母はなにごともなかったかのように笑い返す。アタシはきょうはひろい風呂にするよ、ふたりとも、食べられるだけでいいからお腹に入れなさい。

したくをしてあった祖母がそそくさと近所の銭湯へ出かけてしまい、入れかわりに座った母は、

「のんびり優雅にスペシャルコースを受けていった。例の代議士夫人」

あの男の奥サンが予約どおり来店し、フットマッサージと、その場で追加した美脚痩身エステに二時間超を費やした、と投げやりに言った。

夫に愛人がいることを奥サンは承知しているのか、まずその点からして定かでないが、すくなくとも母は、自分のプライバシーを客に明かすことはしていなかった。父と結婚していたときの名字を使っており、腹ちがいの姉妹はそれぞれ母親似のため顔も雰囲気も違うから、探偵を雇い、すずちゃんの素性を調べあげないかぎり、先方は気づかないはずだった。

「ママもね、さすがにきょうは、神経つかいすぎてくたびれちゃった」

母が、大切な妹と微妙な関係性にある客について詳しく話すのはこれが初めてだった。たまに、来たわよ、とそっけなく教えてくれることはある。だが彼女にかぎらず、ほかの客についてもほとんど話題にしない母が、

「訊かれたがってるのがわかったから、わざとなにも言わなかったの、あの男のこと」

めずらしく刺々《とげとげ》しい声音で語った。わたしが持ってきた缶ビールを、ありがとう、喉かわいちゃった、とコップへ注《つ》いだはいいが口もつけない。

「興奮してたのかしら。ずっとしゃべってた。愚痴なんだろうけど、聞いてるこっち

には、自慢にしか聞こえない。じっさいにいるのよ。そういう、十人分の幸運を一手に握って生まれてきた人」

ビールのコップにびっしりと水滴がつく。

「親のために結婚しただけ、なんて言われてもね」

同情するわけにいかないじゃない？　母は、娘のわたしを、やさしい目で見た。

しょせんは家のため、父親が新米外交官時代に恩を受けた人から持ち込まれた縁談であり、父の立場を考え承諾した。でも生まれ変われるなら、金持ちでも名門でなくとも、しがらみのない家庭に、それも男に生まれたい。だがそう話す奥サンの足は美しく手入れされ、週に二度のスポーツジム通いのおかげか脚の筋肉も年齢を感じさせず引き締まって、靴もそうとうに上等なものばかり。

その靴を、自分で働いて買う覚悟はないだろう。母は淡々と話し、

「損と得、どちらを取るか。もしママが彼女みたいな氏素性なら、おそらくおなじ生きかたを選ぶ」

ようやく、ぽたぽた垂れるしずくを台ふきんでぬぐいつつビールをひと息に飲んだ。

わたしは冬瓜の煮物の大鉢を母の前へ押しだし、自分の分を小皿に分け口へ運ぶ。

母も箸を取る。おばあちゃんは天才ね。

わたしもうなずき、

「男と別れたくなる足のツボとかないの？」

訊くと、母は愉快そうに笑った。

「ママたちがそんな差しでがましいことをして、あの子がよろこぶと思うの？」

わたしは冬瓜を飲み込んでから、いいえ、とはっきり否定した。

母はちいさな声で、「そういう子だから」と呟くように言いかけて止め、目もとに笑みを浮かべたまま、頰杖をつく。

「マノロブラニクの靴を雨の日に履いて、マッサージを受けながらお手伝いさんに携帯でこまごま用事を言いつけたあと、指輪の宝石を灯りにかざして、店長に会うたびうらやましくなるわ、貧しくとも自由がいちばんよ、自由はお金では買えないの、なんて、おおまじめに説教できる人にはかなわない」

あの奥サンを悪者にしたい、でも、悪気なんかない無知なぐらいのお嬢さまのままおおきくなった人で、とうてい憎めない。だからなおさら、やるせないのよ、とビールを取りに立った。

祖母が帰ってきて言ったとおり、銭湯はすいていて、女湯にはわたしを含め五人、遅い時間のせいかとても静かだった。

行きづまった感じがするとき、また、答えのない問いがからだの内側に渦を巻き、消せないとき、おおきな風呂にちっぽけな身を沈めにくる。誰もが裸になり、からだを洗ったり、のぼせてぼんやりしていたり、素性や背負っている事情はそれぞれまったく異なるのに、無防備な姿で似たり寄ったりな行動を取る様を見れば、「ま、いっか」と胸が軽くなる気がする。

すずちゃんのことは、黙ってなりゆきを静観しようと三人で決めた。話したいだけ話した母は、今度は胃に詰め込むほうへ関心を切りかえ、祖母と飲みなおしている。

湯あがりの桃色の頬を輝かせ祖母は言った。なにしにどこへ出かけたのかわからないのは事実だよ、でもふだんだって、すずちゃんが誰となにをしているか、アタシたちは知ってたっけね？

言われてみればそのとおり、日曜の朝の、それも早い時間帯にかぎり報道された襲撃未遂をたまたま知ることがなければ、母も祖母もわたしもなにもしなかった。

母は、あの子は大人だしね、と祖母に同意した。いちばん動転しておきながら、「ま、そういうことだから」と、なだめるようにわたしに向かって言ったとんちんかんな態度は、姉妹愛に免じ許してあげよう。

ひろい湯船の右はしには、最近になって取りつけられたジャクージがある。へりには頭を載せるタイルの枕が三つならんでおり、幸運なことに誰もいない。いそいそまんなかに陣取って、わたし以外の四人の女性が洗い場にいる姿を湯気の向こうに眺めた。そして、目の前にあった気がかりがかたづくと、結局また、元からあった悩みが蒸し返されるのだとため息をついた。

身をかためる、とユウジは言ったらしい。

四十になったら俺も身をかためたい。社員の入籍を祝う飲み会で口にした言葉を、その場に居合わせた共通の友人が教えてくれた。

電話をしてきた彼女に、さては婚約したな？　と勘ぐられ、わたしは戸惑いながら打ち消した。

ユウジは年あけすぐに四十になる。知るかぎり、彼の恋人はわたしひとりのはずだった。

身をかためるなどと、ふるめかしい表現をするところがいかにもユウジらしい。生活のベースとなる自分の家庭を持つという意味だろう。でも、〈身をかためる〉ときには男が主導権を持つべきで、女はそれに乗っかるだけ？

好きな人から「乗れよ」と誘われる瞬間に備え、タイミングが合うよう、いい気な相手の動向を観察し一喜一憂する独身女の心のうちを、当の独身男どもは知っているのかしら。

児童館に子どもを迎えにくる親は女親とはかぎらず、けっして多くはないものの男親も姿を見せる。区役所から出向している男性上司は、ここ最近の変化、と教えてくれた。照れたりせず子育てに首を突っ込む男性は確実に増えてきた。だが変化は別のところにも、とベテランの彼は言葉を継ぎ、やりきれないといった顔をした。

児童らが学校に行っている午前は、未就学児のために施設を開放しており、自由遊びのほか、体操の時間など設けている。利用資格は区民にかぎらない。常連がいるいっぽう、あちこちの児童館を渡り歩く母と子もある。ママ同士のつきあいの難しさは、しばしば耳に入ってくる。逆らったら面倒な人はどこにでもいるが、「訴える」と職員を脅し、区に苦情を寄せ、子どもが勝手に転んだ痣《あざ》も風疹にかかったのもすべて誰かの責任、と騒ぐなど以前には考えられなかった。

子どもが遊具を壊しても知らせず、そのまま放置していて別の子どもに怪我をさせる。携帯電話のメールに夢中で、我が子がおもらししても気がつかない。傘やコート、帽子、遊んでいるうち暑くなり脱いだ衣服が、忘れものを保管する箱にどんどん増えていく。問い合わせてくる親はいない。

つい先日、子どもたちの帰った学童クラブの自習室で忘れものを拾った。宛名書きのない茶封筒に心あたりはと事務室で訊けば、くだんの上司が手を挙げた。最終手段、ときっぱり言う。

落とし主はカノンだった。

最近の変化のひとつ、平気でクラブ費を滞納する親たちには、まず電話で催促し、つぎは在宅時の家庭訪問、それでも持ち合わせがないとかさまざま言いわけして払わない場合、子どもに督促状を託す。封筒の中身は秘密にしてあるといっても、勘のいい子には察しがつく。酷《こく》だが、子どもに迷惑をかけたと親に気づいてもらうねらいがある。

それぞれの事情に合わせ、早い時間にひとりで帰る子と、暗くなってからお迎えのある子とに分かれていた。カノンの家では母親の仕事が定時に終わるため、五時の帰宅時間に合わせひとりで帰っていく。親子は休みの日に企画される交流会やピクニックに参加せず、職員と話す機会がなかった。滞納している費用は三か月分、おやつ代も含まれる。

無責任な子どもっぽい親が増え、そんな親を持つ子どもほど、大人びた諦観と殊勝さをあわせ持つ。それを、この仕事についてから初めて知った。

光栄な正規雇用の誘いを単純によろこべないのは、多くの家庭の現状を見ておじけづいたせいか、あるいは、ユウジの〈身をかためたい〉発言の影響か、自分の気持ちが、白い湯気の先にあるようにはっきりしない。

つい、馬鹿なことを考える。理佳の新婚のダンナがそうであったように、ユウジも勝手に、わたしが結婚を視野に入れていないなどと勘ちがいしていたらどうしよう。

本人に確かめればすむことをうじうじ悩む自分がなさけなかった。ああもういっそ自分の意思など捨て、流れにまかせ漂っていきたい、出たとこ勝負でいい、などと湯のなかで四肢《しし》を伸べ、ほんの一瞬、ジャクージの泡の勢いでからだを浮かせてみる。

そのとき、脱衣所との境のガラス戸が開いた。すずちゃんぐらいの年齢の女性が入ってくる。黒髪を無造作にまとめ、しなやかな細身だが胸と腰にちゃんと肉がつき美しい。洗い場に座り、たずさえてきた木の桶を音を立てずに置く。

こちらへ向けられた彼女の背には、鮮やかな赤と青緑を基調にした、弁財天がいた。

「彫りものお断り」との張り紙がない銭湯のためか、たまにこういう人を見かける。極道の妻が墨を入れるなどとは映画を鵜呑《うの》みにしすぎだと聞くけれど、生まれつき絵柄があるからだのわけもなく、つい、彼女の背後に男の影を探る。

どんな男が彼女を変えたか。発想として、こちらはよくあること。でもまったく逆の、どんな女が彼を変えたか、という視点から男を見る機会はほとんどなかったことに気づいた。


衝動に正直になるのもいい。翌日の、宵のうちにユウジの会社へ行った。受付は無人で、オートロックのマンションとおなじ要領で開錠を頼む。

フレックス制の職場に定時という概念はなく、アクリルの透きとおったパネルで仕切られたそれぞれのデスクまわりも、好き勝手な装飾であふれていた。線路をめぐらし鉄道模型を走らせている者、大小さまざまのカラフルなバランスボールに埋もれている者、ガムやジェリービーンズの小型の自販機をならべたり、あしたのジョーの小博物館、あるいはまったく物を置かず卓上にはパソコンと電話だけというブースもある。

一枚の紙からどうやってこれほど複雑な立体を作りだすのか、秘訣は数学と聞かされてもさっぱりわからない折り紙作品がならぶデスクに、ユウジはいた。

肩と耳のあいだに受話器を挟み、手先はてきぱき和紙を折りつつ仕事の話をしている。わたしに気づき、入れ、と目で合図する。

「めずらしいな」

すぐに電話を終え、ちょっと待てと言いながら、折り紙を完成させた。平面の紙をどう細工して、たくさんのガクが集まるあじさいの花にしあげるのか、できあがりを手渡され、上から下から、ためつすがめつしても謎は解けない。

ユウジは、事前に連絡をくれたら一時間だけ空けることもできたけど、と申しわけなさそうにわたしを見た。そのまま彼が視線を移した先、いちおう応接コーナーになっているブースには複数の寝袋がならび、あきらかに人が入っている。なんだか、すえたような臭いもした。給水器の脇にはカップめんが積みあげられている。洗面所から、ヤザワのバスタオルを肩にかけた上半身裸の男性がもどってきて、デスクのひきだしから出したまあたらしいTシャツに着替える。

「ちょっとユウジ、ヒゲ伸びてない？」

訊ねれば、彼は、土曜からずっと詰めたまま、と平気な顔で言った。襟のよれたTシャツは汗臭く、仮眠をとったときについたのか、耳の上の短い髪に寝グセがある。

ヒゲなんかいいんだ、でもさ、と両手で顔をごしごしこすって、

「メシがカップめん三連発、ってのはキツイよ」

いますぐお前とうまいもん食いにいけたらなあ。まるで夢を語るようにうっとりした調子で言う。わたしは矢も盾《たて》もたまらず、腰を浮かせた。

「ちょっと弁当屋に行ってくる。なにがいい？」

「飯、白い飯。おにぎりだな。シャケ、炙《あぶ》り明太子、紀州南高梅《きしゅうなんこうばい》、日高《ひだか》昆布」

「おかずも食べようよ」

「いらない。コンビニに寄って、下着も買ってきてくれ。買い置きがなくなっちまって」

「靴下は？」

訊ねると、彼はかちゃかちゃキーボードを叩きモニターをにらんだまま、無言でジーンズの脚をあげる。素足《すあし》に、ゴムの健康サンダルを履いていた。爪が伸び、指の一本いっぽんに剛毛がちょろちょろ生えている。

「カンベンして」

「なにが？」

「なんでもない。汗拭きシートも買ってくるから、すみずみまで拭いてよ」

了解、とうれしそうに返事する目の前の男臭い生きものが、わたしであれ、ほかのもっと上等なお嬢さんであれ、とにかく誰にも、うつつを抜かしていられる状態ではないとわかった。

ユウジの顔を見れば気が晴れるかも、と都合よく期待して訪れたのは大正解。でも、超の上にもうひとつ超のつく多忙を極めた職場を見たとたん、昨日の悩みが耳かきの先にのるていどに思え、からだが軽くなると同時に、自分のことばかり考えていたかなと反省させられもする。

「あ、待った」ユウジがわたしを呼び止める。

「今度の週末だけど、俺、休めそうにない。ごめん。どこ行きたいって言ってたんだっけ？」

反省は撤回。なるべく悪趣味なパンツを買ってあげます。


すずちゃんから連絡のないまま、一週間が過ぎた。快晴の土曜に、三人とも早起きしてテレビのニュースを観ながら食事をしていると、まるであの日曜を再現するかのように、ふてぶてしい男の顔が画面に映った。

女の逮捕を、アナウンサーは淡々と伝えた。終わる直前の扱いで、手短だった。襲撃犯は都内在住の三十代女性、名前は伏せられ、写真もない。政府の外交姿勢への抗議を主張しているが、意味不明な発言もあり、くわしい事実関係は今後の取調べで明らかに、とあたりさわりないニュース原稿が読みあげられ、天気予報に移る。

食事の手を止め、三人そろっておなじことを考えているはずだった。すずちゃんは都内在住の三十八歳、もちろん女性、意味不明な発言なんてあったかしら。

「ま、めでたしだね」祖母がみそ汁をすすり、

「あんな男のために、警察もご苦労なこと」母は納豆の糸を切る。

わたしが、丸ナスの辛子漬けに伸ばした箸をそのまま、

「帰ってくるかも、すずちゃん」

ふと呟いたのと同時に、たとえ庭にいても気づくよう、一週間前から最大音量に設定してある家の電話がけたたましく鳴った。

祖母が「ひゃっ」と妙な悲鳴をあげる。母が、緊張をなかば、期待をなかばの複雑な表情で立つ。

やっぱり、と母は電話口で言った。うん、いらっしゃいよ、あらそう、午後から仕事なのね？　それじゃあ話はあとで聞くから。あっさり受話器を置き、ふりむくと、

「あの子。ゆうべ遅く帰ったんですって。でも電話できるような時間じゃなかったから、遠慮した、って」

笑顔になり、いまだってじゅうぶん遠慮するような時間よね、と七時すぎを指して

いる柱時計を見あげた。

足どりも軽く母が出勤していき、祖母も、あとで残らず報告たのんだよ、と念押しして、前々から楽しみにしていた新派の公演に出かけた。布団を干し終えたところに、すずちゃんが訪れ、

「はい、これ。いっしょに食べましょ」

いつもと変わらぬ笑顔で、手みやげの箱を差しだす。

草津《くさつ》の温泉饅頭《まんじゆう》を前に緑茶をいれていると、〈お医者様でも草津の湯でも〉と草津節のひとふしが頭のなかで鳴り、止まらなくなった。〈惚れた病は治りゃせぬ〉とつづくが、そこしか知らないものだから、何度もしつこく繰り返され、口ずさんでいるわけでもないのに、すずちゃんに申しわけない気がしてくる。

家に勝手に入ったことを詫《わ》びた。携帯電話を玄関から拾いリビングに置いたがなかは見ていない、と言うと、すずちゃんはすずしい顔で、

「わかってる。でも携帯はもうひとつあるの」

「なんだよかった。先方と連絡とれてたのね」

ほっとしたわたしに、あやふやな笑みを投げかけた。小首を傾げる仕草で間を取り、

「食べましょう」まだ熱い湯呑みに両手をそえる。「たくさん買ってきたんだから」

襲撃から間もなく事件を知ったとすずちゃんは言った。

「奥サンが電話してきた。家にあったほうじゃなくて、もうひとつの携帯にね」

言葉を交わすのは初めて、もちろん会ったこともない。あなたの仕業？　鋭い声で訊ねられ、なんのことですかと訊き返した。どうしてこの番号がわかったのか、夫の裏切りにいつから気づいていたのか、わけがわからず頭がぼうっとした。電話の向こうから代議士夫人が、そのマヌケぶりでは凶行に及ぶほどの度胸もあるまい、と馬鹿にして言う。うちの主人が、たったいま、暴漢に襲われて、いいえ怪我なんかしておりませんけど、間違ってもそちらから連絡をとろうなどと愚かなことは考えないでいただきたいの、どこのどなたか知りませんが、わたくしから申しあげたいことはそれだけです。

「すぐに犯人が現場に舞いもどって、任意同行されたことまで教えてくれた。きのう、二度めの電話でね。襲った女の素性に事情があるとかで、いったん釈放して、あちこち調整するのを待ってようやく逮捕したんですって」

起訴はないみたいよ。すずちゃんは、しれっと言ってのけた。事情とはなにか、訊ねていい雰囲気ではなかった。彼女はときおり、目の前にいながら手の届かない、たとえるなら、ふるい肖像画のなかの人物に見えることがある。

「迫力に負けちゃった。夫は潔癖を主張している、自分も信じている、この電話番号を削除したらあなたは消える、わざわざ身もとを調べる価値もない、ですって」

「そんなこと言われたの？」

「侮辱されて当然」

「でも」

「こんなに詳しくうちあけるつもりなかったのに」

ときを隔てた場所で、まったく別な空気を呼吸しているようなすずちゃんは、

「お姉さんにぜんぶ話したらダメよ」

迷惑はかからないから、と言った。

万にひとつ、週刊誌やスポーツ紙の記者が嗅ぎつけ、家を訪れたりしてはと身を隠していた。ちょうど仕事の納期から外れていたし、懇意の会社の保養所なら費用もそれほどではない。

せめて姉には電話すべきか迷ったが、できなかったのは、

「考えなくちゃならないことが多すぎた。先のこと、これまでのこと」

それにあらためて顧みれば、ふだんから、姉たちの棲む家に電話するのも訪問する

のももっぱらこちらから。逆はなかったと気づき、めずらしく、拗《す》ねてしまった。ただでさえ、家庭を持つ相手と関係をつづけていれば、死んでいるような気持ちになる。このからだがほかの人の目にも見えているのかと疑い、指先をまじまじと見つめることがある。

わたしは慌てた。母も祖母もわたしも、すずちゃんを忘れているわけではない。おせっかいを焼かないよう気をつけているけれど、それはひとえに、あの男の気に障《さわ》ってはと遠慮したからであって、もし相手が代議士なんかでなければ、家族ぐるみで歓待し持ちあげて引っ込みがつかないようにしてやる。

「すずちゃん、ほんとうはわかってるよね？　わたしたちの気持ち」

「ええ、わかってる。だからこうして来て、あなたに話してる。世間に顔向けできない、悪事を働いているのに」

すずちゃんはさっぱりと言ってのけた。

わたしごときがうまく否定できるわけもない。

「味方だから。いつも」

母と祖母とわたしは背後霊のようにつきまとい見守っている。すずちゃんが悪人なら、わたしたち三人も悪の一味。どんな悪事を働こうがとことん味方するえこひいき背後霊だよと、しまいにはわけのわからないたとえを口走り笑われた。

しゃべりすぎたと静かにほほ笑むすずちゃんは、結局、あの男のことはこれっぽっちも口に出さなかった。ここのお茶が世界でいちばんおいしい、と自分専用の湯呑みをきれいな指先で撫《な》で、

「さて、仕事しないと」

腰をあげる。

「それからこれ」

すずちゃんの手に、いつのまにか光るものが握られていた。

「お願いがあるの」

てのひらを上に開くと、さらにきらきらまばゆい光線を四方に放つ。

鈴蘭《すずらん》の可憐な小花がちりちり揺れる、銀のかんざしは、あの男と初めて旅した京都で老舗のかんざし屋に特注したとすずちゃんは言った。

「あれから何年待ったか、もう憶えてない」

だが今回のことで踏んぎりがついた。着物は一枚も持っておらず、飾る機会のないままときは過ぎ、いまの歳にはそぐわないこれを処分したいが、どうしても手ずから捨てるに忍びない。あなたが、ゴミとして捨てるなり、リサイクル店に売るなりし

て、わたしから遠ざけてはくれまいか、とこちらにかんざしを渡し、

「でも約束して。あなたの髪に挿すのは、たとえおふざけでも絶対にダメ」

自分のなにかがあなたにうつるのが恐いと、目を見て、それからがらりと態度を変え颯爽と帰っていった。

やさしい顔で笑っていてさえさびしげな影が差すのは、整った顔だちのせいばかりではない。あの男と出会ったのが不運であるなら、別離は、幸福の始まりと思ってもいいのか。

ひとり縁側に座り、飽きもせず、陽にかざし、散らばる冷たい光を眺めた。やわらかな金ではなく凜《りん》とした銀が、すずちゃんにはふさわしい。

華奢な作りの飾り部分は、ちいさな釣鐘型の鈴蘭の小花が、それぞれ独立してゆらゆら揺れるよう取りつけてある。これが頭にあれば、立ち居ふるまいのそのときどき、誰かに呼ばれ顔をふりむけたり、手先を動かすだけでも、いちいち細かなパーツが光を反射し、見る者の注意をひくだろう。

昼の公演が終了すると寄り道せずもどった祖母に、とりあえず黙ってかんざしを見せた。

「おや、ちりかんかい？」

なかなかの品と太鼓判を押す祖母は、初めて聞く名詞を鸚鵡《おうむ》返しにしたわたしに、

「細工が揺れて、ちりちり鳴るかんざしだから、ちりかん、っていうのさ」

おもに若い娘が使うものだとも教えてくれた。それで、とわたしの顔をのぞきこむ。いわくつき、ってことなんだろ。

持ち主が誰であるか、なぜ置いていったかを話すあいだ、祖母は、すでに承知していたような表情で耳を傾けていた。別れるといってもとりあえずは、とため息まじりに言う。

「アタシが預かっておきましょう」

鈴蘭のちりかんをわたしのてのひらから取ると、懐かしそうに眺めて、

「捨てるったってあんた、ねえ？　そう単純に割り切れるものでもない。だからこれがここにあるんだろ？」

新橋《しんばし》料亭の玄関番の娘に生まれ、置屋の芸妓《げいぎ》たちにかわいがられて育ったかつての面影をのぞかせた。

「前にも増して忙しいみたいだけど」

わずかに嫌味を含んだつもりでわたしが言っても、ユウジは言葉の裏を探るどころ

か嬉々として、今期の業績の好調ぶりを語った。

いまは具体的なことをいえないが、大企業との提携の話がある。複数の銀行が興味を示してくれ、資金面の課題もクリアした。市場の成長を頼みにする不安定な財政状況から、ようやく純利益と呼べる収益があがりはじめて、これまではほんのスズメの涙だった役員報酬も、上場企業の三十歳平均ぐらいにできるだろう。

「ちょっと待って。わたしの聞き間違いかな。三十歳平均ぐらいに、できる?」

「うん。でも社員にはがっちり働いてもらわなくちゃならないから、相応の額を支給してる。ちょっと凄いぜ」

「そうじゃなくて」

ではいったい、ユウジの現在の給料はいくらだというのか。知らなかった自分の呑気さがふがいなく、追及する気力が失せた。

休日に青山《あおやま》で友だちと会っていたわたしは、その帰り、ユウジの顔を見に会社に寄った。外でコーヒーを買い、近くの公園まで、鼻歌まじりに足どりも軽い彼と歩く。

NBA選手の名を冠したバスケットコートを眺め、ならんでベンチにかけた。三対三のストリートボールは互角の戦いらしく、交互に点を入れていく。エスプレッソ・ショット追加のラテを飲むユウジは、寝不足の血走った目を見開き、走る彼らの一挙手一投足を熱心に追う。

特別な用がなくても、声を聞いたり顔を見たりして愛情を感じたいのが女の性分で、気が向いたときに会えればいいのが男の正直な気持ちだと母が言っていた。だからね、あなた、愛されたいなら、ひとりで待てる女になりなさい。

だがそうはいっても、休憩に出ただけのユウジとわたしに許された逢瀬の時間はたった三十分、元気な兄ちゃんたちが走りまわるのを見ておしまいではつまらない。

それに、聞きわけよく待つ女が貧乏くじを引き、泣いたりわめいたり身勝手な女のほうがうまく男の神経をすり減らし根負けさせているように思う。もちろん、妹を誰より愛す母にそんな反論はできない。

とりあえず、肩をくっつけてみた。

ユウジは、なんでぶつかったの？　という表情で不思議そうにこちらを見て、すぐにコートへ向きなおる。

マイケル・ジョーダンもどきの兄ちゃんに負けてはならないと、今度は、彼の肩へこめかみを載せる。すると長い腕が、わたしを抱き寄せた。

「それで」とユウジは、お喋りの途中であったかのように訊ねた。「児童館の先生の仕事、どんな見とおしなんだ？」

コート上の六人は抱きあったりハイタッチしたり、ゲームに決着がついたらしい。

ユウジが口を開いた理由はこちらだったかとがっかりしたのも手伝って、

「実は、正式に指導員として雇いたい、って言われてる」

これまで隠していた正規雇用の誘いについて、自分でも驚くほど抵抗なく口にすると、ユウジはわたしの背中を抱く腕に力を込めた。

「やったな。臨時採用からそういう話になるのは、能力が認められたからだ。よかった。えらいよ。そうかきょうはその話がしたかったのか」

承諾したものと決めつけ、がっちりつかんだ肩を軽く揺さぶる。

「うっかり者のお前でも、そろそろ馴れてきたころだと思ってたんだ」

しっかり者と勘ちがいされがちなわたしを的確に評してから、勤務内容も濃くなり、拘束時間も増えるんだな、と腕組みして考え込んだ。ややあって、唐突に言う。

「のろのろ行こうぜ」

わたしにはちょっとひっかかる言葉だと思いつつ、そこそこのろのろね、と訂正してやる。ユウジが、真顔でさらに言い換える。

「そこそこのろのろ着々と」

〈そこそこのろのろ〉は〈着々と〉とほとんどおなじでは？　言い返そうと、口を開きかけたとき、時計のアラームが鳴った。

オフィスにもどる時間だった。目を見合わせ、ならんで歩きだす。

夕風が急につよく吹いて、ざわざわと木の葉を鳴らす。ユウジが呟くように言う。

「いつになるかな」

「ん？」

「うん。結婚」

「あら」

「嫌か？」

「嫌ではない」

ユウジが笑う。お前、そうやって肩の力抜けてるから助かるよ俺。

わたしは、人の気も知らないで、と腹のなかで呟く。すずちゃんを見てると不安になるのよ、とは言わない。

彼にすずちゃんの話をしたことはない。その理由が、彼がまだ家族ではないからだとわかり、にわかにさびしく感じた。

人に言えない恋なんか、とわたしはなぜか、ユウジがやっと口にした結婚についてはそっちのけで、すずちゃんのことばかり考えていた。

公園そばの駅で別れ、電車に揺られながら、ようやく、彼の言葉が実感としてお腹に落ちたように思えた。同時に、正規雇用の誘いを素直によろこべなかった原因にも気づく。

勝手に気をもんでいた。起業家の妻は、取引先との会食やパーティーに同伴するものなのかしら？　そうそうたる成功者なのだろう知人たちは、わたしの外見をどう評価するだろう？　彼に恥をかかせるわけにはいかないから、どこへ出しても恥ずかしくない女にならなくては、などと、他人への見栄《みえ》ばかり気にしていたわたしは、なんと醜い女だったろう。

つまらない迷いをユウジに知られなくてよかった。心からそう思った。もしかするとわたしは、すずちゃんに成り代わり、あの男の奥サンに対抗心を燃やしていたのかもしれない。

子どもが好きかと胸に問えば、かわいいばかりではないし、彼らの家庭にまつわる問題も想像した以上に手ごわい。

カノンの母親は、滞納している学童クラブ費を払うどころか、娘に退会届を持たせた。そこには、区民として税金を払っているのだから、児童館に出入りするのは自由なはず、学童クラブの部屋に娘が訪れるのは友だちに誘われるせいであり、ほうっておいて欲しい、おやつはいりませんと書いてあった。だが、放課後になればミユと手をつなぎ走ってくるカノンに、おやつを食べさせないわけにはいかない。

目を背《そむ》け、離れてしまえばいい。他人の哀しみは、意外に容易に、存在しなかったことにできる。たとえば、疲れて体調のすぐれないときにテロや災害のニュースを知るのはつらいから、バラエティー番組をBGMにして友だちにメールを打ち気晴らしをするように。心をふさがせる事実から距離を置く。そして二度とそちらをふりかえらない。

つかのま自分を甘やかす逃避行を、誰しもが必要とする。なにもかも引き受けるなんてできない。でもわたしは、子どもたちと腹をくってかかわる責任に恐れをなし、すっかり逃げ去るため、ある選択肢にすがろうと考えていたのだった。

結婚は、すべてを解決してくれる魔法の杖ではない。そんなことはとうに承知しているつもりだったと、祖母とふたり向き合い、白状した。

いつもながらよき聞き役の祖母は、穏やかな笑みを浮かべ、あんたがすずちゃんからなにか学べたというなら、それはよかったよ、と茶の間の柱時計を見あげる。

母が早番であがるというので、晩酌の準備だけ整え、空腹を抱え帰りを待っていた。すずちゃんも、仕事の打ちあわせを終えた足で直行してくれる。

祖母が、刺し子の台ふきんをゆっくりたたみなおしながら言う。

「すずちゃんがしあわせじゃないのは、どんな屁理屈をくっつけようとほんとうさ」

他人を愛してしまうとはそういうこと。生きものが自分の命を大切にするのはごくごくあたりまえのことだが、自分以外の存在に惚れ込んでしまったなら、それがこちらの利益になるか不利益になるかなんて損得は関係ない。

「でなきゃ、子どもを育てるなんて難儀《なんぎ》なこと、やってられないだろ？」

本能と呼んできれいに片付ける人もある。そんな単純な話ではないと気づくか、知らずにすむか。知らないほうがしあわせかもしれない。すずちゃんのことは哀しいけど、でも、先のことなんかどうなるかわからないよ、と、だんだんに陽気な口調になる。

「あの奥サンだって、ろくでもない浮気男の夫に愛想尽かしする可能性がある。たとえば、選挙で大負けするとか、裏金疑惑で辞職に追い込まれるとかね」

わたしは、でも別れたんだよ、と軌道修正のつもりで反論する。

ああそうらしいね。祖母は動じない。けどあんた、別れても、とも言うだろ。やめて、おばあちゃん。

「おばあちゃんって、やけにすずちゃんの肩を持つじゃない？」

それに気持ちもよくわかってるみたい。わたしが、前々から抱いていた疑問を追及しようと身を乗りだしたとき、

「お姉さん、すずです」

待ち人が玄関先から呼びかけ、ふたり競うように迎えに立つ。

愛の名の川

ママよりあなたのほうが話しやすいはずよ、と母は気楽に、はるばる地球の裏側から飛んできた厄介をわたしに押しつけ、

「なにより、ほら、あなたは彼女のお姉さんだし。困ってる妹を助けて当然でしょ。相談にのってあげなさい」

美しいマグダレーナが最新流行の下着姿でばっちりポーズをきめ、挑《いど》みかかるように見つめてくる誌面を指先でつついた。

若い女性に人気の下着ブランドが季節ごとに発行するカタログはコンビニと書店に置かれ、通信販売のほか、渋谷《しぶや》や新宿《しんじゅく》などのファッションビルには店舗もある。その存在を知らない女性のほうがめずらしいだろう。

かわいいうえにセクシー、かといって性を売りものにするわけではない。上目づかいで媚びるなんてもってのほか、男の視線ばかり気にしてるなんて時代おくれよね、せっかく女として生を享《う》けたのだから、女であることを楽しんでますけど、それがなにか？　と、下着姿を披露するモデルたちの顔に書いてある。

家を出た父の、再婚相手の連れ子、というのは、妹と呼んでいいのか。マグダレーナとわたしに、血のつながりはない。会ったことすらない。

彼女の母親であるアナスタシアは、かつて錦糸町のパブで働き、四人の娘が待つコロンビアの実家へ収入のほとんどを送っていた。

板前をしていたわたしの父は店の客だった。当時すでに、父と母の仲は壊れていて、さくさく円満に離婚が成立し、父は海を渡り、アナスタシアとのあいだにもうひとり娘をもうけた。いまは同地でスシ・バーを営んでいる。

マグダレーナは、その五人姉妹の長女だった。七年前までは父のひとり娘だったわたしより、およそひとまわり若い。

茶の間の座卓へ置いたカタログをめくる祖母は、

「この脚の長さったら！」

アタシの倍くらいありそうだよと、上品なカシス色のブラとショーツで仁王立ちするマグダレーナに見とれていた。

褐色の肌はつやつや光り、筋肉がぴんと主張して、なんといってもひざから下が、精巧にデザインされたような気持ちのいいラインを描いている。

この写真が特にいい、と祖母は、開いたページをわたしに見せた。

「どうだい？」

「うん、すてき」

「しかしこう身につけるものが少ないと、ごまかしがきかないねえ」

「素をさらしちゃうってすごいよね」

「写真は修整されてるから、雑誌なんかできれいな女の人を見ても簡単に真に受けちゃあいけないよ、なあんて、宗助《そうすけ》さんが、このあいだのお芝居の帰りにみんなに教えてくれたけどさ。あの人、カメラが大好きだから」

デジカメというんだろ？　祖母は上機嫌で、わたしに訊ねた。

「まあでも、デジタルにせよアナログにせよ、隠しても、わかる人はちゃんとわかってしまうんじゃないかな。外見じゃなくて、中身の話だけど」

「ニセモノにコロリと騙されたければ、それはそれで好きずきだし。もちろん、アタシが言いたいのも見た目のことじゃあございませんよ」

「写真にかぎらずね。会って話してもおなじ。でなきゃこの世に詐欺は栄えない」

「アタシはその点、この子を気に入ったね」

「うん。いさぎよい感じ」

ふたりして誌面にかぶさり、いいね、きれいだよね、とうなずきあっていると、向

かいに座る母が、美容のプロに言わせてもらえばともったいぶって、

「曲線よ。彼女のすばらしいところは」

話のなりゆきをいっさい無視し、自信たっぷりに口を挟む。

「まあるい盛りあがり、張りのある感じ。こんな胸だったころがなつかしいわ」

それはいったい誰のバストの話かといぶかるわたしを軽くにらみ、

「生涯最高のおっぱいは断乳とともに去るのよ」

お乳をあげているあいだは、豊かな胸に有頂天だった、ところが、授乳をやめたとたんにみるみるしぼんでいったと、両てのひらをつつましい胸へあてがった。かつての栄華はあとかたもない。

母のたわごとなどそっちのけでカタログに夢中の祖母が、

「おや、リタ・ヘイワースみたいなモデルがいる」

コスプレだね？　他人になりたかった人のことをそう呼ぶのだろうと、にっこり得意げにわたしを見た。

ひととき他人になりたいなら本を読めばいい。本には他人様の物語がつまっている。祖母がグループ交際している観劇仲間のひとり、宗助さんの意見はごもっともだ

が、誰かに姿を似せてなりきることと、自分が体験できない人生について知ろうとすることは、別の楽しみではなかろうか。

自分自身に嫌気がさすときはままある。人気女優やアイドルの目には、きっと華々しいきらめく光景が映っているのねとうらやんだり、投資ファンドで億単位の報酬を得るトレーダーってどんな暮らししてるの？　とか、収入の安定した親のもとで育った子には、せちがらい世間もちょろく見えてるかしら、などと、ツイてない日や、仕事に行きづまったときにふと考える。

ならばモデルになれるほどの容姿だったら？

家族三人で、カタログを眺めながらあれやこれや下着の品定めをした夜があけ、翌日曜の午前に、マグダレーナとの待ちあわせ場所へ向かう電車のなかで考えた。

まず、背が高いから、満員の終電で楽に息ができる。足のサイズがおおきくて靴選びに困るかも。わたしの勤め先である下町の児童館では、やんちゃ盛りの小学生どもが、ろくでもないあだ名をつけてくれるに違いない。

ジーンズを切らずにすむのはいい。でも、部活はバレーボールで決まり、みたいに周囲に決めつけられたら反発する。もしかすると、背が高ければ高いなりに、低い子のことをうらやましく思うこともあるかもしれない。

前の職場を辞め、就職活動をしていたころ、父が家にかけてきた電話にたまたま出て、マグダレーナが勝手にモデルエージェンシーの試験を受けたと聞かされた。

父と母親のアナスタシアがそれを知ったのは、合格してしまったあとだった。事務所の寮に入るから家を出ます、これまで育ててくれてありがとう、とハグされ、おしゃれといえばおばあちゃんから譲りうけた金のピアスと、悩みぬいて買うジーンズといった素朴な娘がどうして、と釈然《しゃくぜん》としないまま、まともな事務所か確かめるためにも娘につきそった。

国内の最大手とわかり安心して帰宅した彼らにわけを話してくれたのは、すぐ下の妹のマルガリータだった。

知らぬは店の切りもりに忙しい両親ばかり。マグダレーナを知る人は誰も彼も、彼女の行く末を案じ、そんなに美しい脚をしていては普通に生きようったってまわりが許しちゃくれないよ、と口々にこう勧めていた。麻薬カルテルのギャングに目をつけられて情婦にされたら大変だ、モデルにでもおなり。

父は、電話口でおおきなため息をつき、俺の耳に入ってこないわけだよな、情婦にされるとかそんな話はさ、と力なく言ったのだった。

マルガリータから父へ、父からわたしへと渡った情報はもうひとつあった。それは母にも祖母にも伝えず、この胸の奥にしまってある。

天賦《てんぷ》の容姿のため不幸になるのではとまわりに危惧させたマグダレーナは、少なくともその時点までに、五人の男性に愛を告白していた。返事は、五人ともおなじだった。お前は、いつか俺なんか捨てるだろ?

電車を降りると、クリスマスを来週に控えた雑踏には寄りそうカップルの姿が目立った。

たちまちユウジが恋しくなり、わたしは思わず、コートの襟を立てた。寒さが二倍増しになったような感じだった。

個人のサイト運営者に広告を斡旋《あっせん》したり、管理を代行したりするちいさな会社を友人と共同経営しているユウジは、先週からアメリカに出張していた。

あちらの人たちはクリスマス休暇をとるだろうこの時期に、なんの用事かと訊ねると、夏も冬もバカンスなどそっちのけで働く者だけが、最先端の仕事に就くことを許され、目玉の飛びでるような報酬を得る、結局はそういうものだよと少し威張った感じで話し、それにさ、といいわけのようにつけ加えた。お前は、クリスマスとか記念日とか気にしたことないだろ?

的を射ていようと、外側から決めつけられるのはおもしろくない。

年末ぎりぎりまで帰らないユウジとゆっくり夜を過ごすつもりが、つい、ふてくされてしまい、会話も途切れがちに食事を終えると、あしたの準備があるんでしょ、じゃあねと店の前で別れた。

ひきとめてもくれなければ、電話も、メールもないまま、最近になって雇った若くてかわいい秘書とふたり、とっとと渡米し、どこでなにをしているやら、一週間も経つというのに連絡がない。

もし、わたしに姉がいたら、そろそろ相談したくなるのだろう。すると姉は言う。意地を張ってないで、自分から連絡なさいよ。そこでわたしが反論する。無事に着いたとか報せてくれて当然じゃん。どうやらこれでは、相談というより愚痴に聞こえる。

ひとりっ子だったことをさびしく感じたりしなかった、とよく耳にする。わたしもとりたてて大家族をうらやんだりしなかった。でも、母と、腹ちがいの妹のすずちゃんが、つかずはなれず、根っこのところでしっかり肯定しあっている様子に、わたしが経験したことのない関係性を感じ、大人になってから、〈お姉さん〉という存在がいればどんなにか心づよいだろうと思うようになった。

母はなにかにつけ自慢する。ママはあの子のたったひとりのお姉さんだもの。ママがすずちゃんの味方になってあげなくてどうするの？

そういえば、マグダレーナは五人姉妹の長女で、遠い日本へ出稼ぎに行っている母親の分まで妹を護ってきた、筋金いりの〈お姉さん〉だった。しまった、ぬかった、向こうのほうが大人かもしれない。そう気づいたときには、当のカフェの前へたどりついていた。

高音の猫なで声の女にでれでれするのは日本の男だけと誰かが言っていた。

その真偽はともかく、きのう、待ちあわせ場所を決めるためかけた短い電話で聞いたマグダレーナの声は、歳に似あわぬ落ちつきを持ち、流暢《りゅうちょう》な日本語が、ちょっぴり古風だった。いま、店内のもっとも奥まったテーブルから不安げにこちらを見ているうら若い美女とは、まったく印象が異なる。

わたしは彼女を見知っており、彼女はわたしの顔を知らない。手をふる挨拶はくだけすぎだし、お辞儀では堅苦しいだろうと、ほほ笑みを投げかけてみる。

マグダレーナは弾かれたように椅子から立ち、ピンク色に上気した頬を輝かせて、

「マグダレーナです。はじめまして」

せっかくのお休みの日に、人ごみに呼びだしてごめんなさい、でも来ていただいてうれしいです、ありがとうございます、とひと息にしゃべった。

「やだ、いいのよ。いちおう、わたしたちってきょうだいでしょ？　会えてうれしい。電話をありがとう」

わたしも、つい、饒舌《じょうぜつ》になる。

「祖母も来たがってたんだけど、ちょうどきょうは横須賀《よこすか》に住んでる親戚のところで法事があるの。あなたにくれぐれもよろしく、って」

「そうですか。その節はお世話になりましたとお伝えください」

電話応対のコンテストがあれば、出場を勧めたくなる言葉づかいのマグダレーナは、とてもきれいな日本語ねと感心するわたしに、うれしいです、と言った。

日本人の撮影スタッフに笑われるときがある、と、はにかむ。そして、わたしが注文した紅茶を待つあいだに、彼女の身の上を話してくれた。

「でも、変なところはございませんか？」

マグダレーナは、母親のアナスタシアが初めて来日し、歌手として働いていた茨城《いばらき》で生まれた。

父親は中古車ブローカー、毎週水曜に来店し、チップを大盤ぶるまいすることで人気の客だった。妻を病気で亡くしたと彼は言い、三か月もすると、アナスタシアに、俺の子どもを産んでくれと言ったらどうする？　と訊くようになった。

店はきちんとしたショーパブだった。ステージさえしっかり務めてくれるなら結婚も自由、産休も与える、と支配人は約束し、常連客と従業員がパーティーを催しふたりを祝福してくれた。アナスタシアはほどなく妊娠した。出産までに入籍が間にあうのか、疑いを持たなかった。早産になり、病院に駆けつけた男は、よくがんばったな、と額の汗をふいてくれ、生まれたての赤んぼうを抱き、名前は考えていたとおりマグダレーナにしようと言った。これから仕事で新潟港に行かなければならないが、中古車を積んだ船がロシアへ向けて出港するのを見届けたらすぐにもどるよ。

「でも嘘でした。仕事も、名前も」

翌日になって、病室に男の名で小包みが届けられた。なかには、アナスタシアが大好きな白桃の手むき缶詰が六個と、茶封筒があった。ぶあつい一万円札の束を数えるとちょうど三百枚、それがお別れの印であることは明白だった。

赤んぼうを連れてアナスタシアはいったん国へ帰り、結婚して娘をさらに三人もうけたが、酒好きな夫は若くして血を吐いて亡くなった。

「支配人さんに連絡をとると、また日本で働けるように別のお店を紹介してくださいました」

「その話はわたしの……いいえ、いまのお父さんも知っていること？」

「はい。父は、なんでも知っています。わたしは日本語が話せますから、家にいたときはふたりでよくお話をしました」

幼いマグダレーナは、いつか実の父親に会えたら、言葉が通じなくては困るだろうと考えた。日本に暮らす母から、絵本や子ども向けの国語教材を送ってもらい、その後も年ごとに、小学一年から中学三年までの国語を順に習得していき、ビデオレンタル店で小津安二郎《おづやすじろう》や黒澤明《くろさわあきら》の映画を借りてきては、発音と会話の言いまわしをまねた。

ああそれでかと、わたしは納得した。

「あなたの言葉づかいがしっかりしてるのはそのせいね」

すぐにもオフィスで働けるわよと言うと、マグダレーナはうれしそうに答えた。

「働いていました。アルバイトですけれど」

高校在学中から、現地にある日本の商社の支店で、電話番や通訳をしていたと答えた。写真を嫌った実の父の顔は知らないが、日本から来ている取引先の駐在員の男性を、わたしのお父さんもこんな感じかしらと思いながら見ていた。マグダレーナはわたしの目をまっすぐに見つめた。

「どうして恨まないのですか、と友だちは訊きます。わたしは、わたしの名前は父がつけてくれました、と答えます」

胸を張り、言葉を継ぐ。

「名前をつけることは、愛することです」

言いきって、ようやく運ばれてきた紅茶の湯気の向こうで、花のように顔をほころばせた。

マグダレーナが初対面の外国人であることや、人気カタログのモデルなどという華やかな別世界にいること、長いながい脚と九頭身の外見も、わたしはすっかり忘れ去っていた。

「ありがとう。話してくれて」

「わたしばかり話してしまいました」

「ところで頼みごとって、わたしでも力になれそう？　足りなければ祖母と母もいるし」

「はい」とマグダレーナは素直に返事をした。

そして、母をしあわせにしてくれた父にわるいから、このことはどうか秘密にしてほしい、と訴えるようにわたしを見た。来日していることすら、家族の誰にも報せていない。日本は安全で、集中的に仕事をこなせばいい収入になるからモデルのあいだでは人気だけれど、父は嫌がるかもしれない。

「あらどうして？　下着のモデルだから？」

わたしが訊くと、マグダレーナは首を横へふった。

「いいえ。父は、やさしい人だからです」

大学へ進学するため学費を貯めようと思いたち、そのために日本での仕事を選んだが、もし父が知れば、そのぐらいなんとかしてやるからと金を工面《くめん》するに違いない。そうでしょう？　と同意を求めた。

わたしがうなずき、マグダレーナは目を細めて笑う。

「いちばん下の妹は、いま六歳です。彼女が大学に入るとき、父は……」

「七十三歳、かな？」

「はい。お店はうまくいっています。でも上の妹は、十七歳で、弁護士になりたいと言っています。十六歳と十五歳の妹は、医者になるのが夢です」

「すごい。優秀なのね」

「おそれいります」

奥ゆかしい言葉をさらっと言ってのけるマグダレーナは、日本で過ごした半年間は楽しかったし、貯金もできた、でも、と息をついて、言葉を選ぶ。

ずっと会いたかった人が、この東京にいる。このまま会わずにおいたほうがいいと自分に言いきかせてきたが、帰国が近づくにつれ、せめてひと目、姿を見てみたいと願うようになった。

「お姉さん、お願いです。人探しを手伝ってください」

〈お姉さん〉と生まれてはじめて呼びかけられ、わたしの頭はほんの一瞬、白く熱くのぼせた。

たずね人の名は〈スサキ〉といった。マグダレーナがすらすらと説明する。豊洲《とよす》の〈洲〉に、川崎《かわさき》の〈崎〉です。

漢字を口頭で伝える術《すべ》は、アルバイトをしていたころに、コロンビアと日本とで電話をやりとりするうち身についたもの、と教えてくれた。

昼前から仕事の入っているマグダレーナと別れ、せっかくだからウィンドウショッピングでも、と思ったわたしは、あまりの人出にくじけてしまい、ろくに前も見ず歩く恋人たちをかきわけて電車に乗り、逃げかえった。

ゆうべの残りの、カブと厚揚げの煮物でひとりの昼をさっとすませ、ちょっと贅沢をするつもりでいただきものの玉露《ぎょくろ》をいれ新聞をひろげてみたものの、目で追う文字がさっぱり意味をなさない。

〈洲崎〉なる人物との関係について、マグダレーナは話そうとしなかった。

ごめんなさい、と声をつまらせ、わけは訊かないでください、誰にも迷惑はかけませんからとうるんだ栗色の瞳で見つめてきた。

それでは困るなどとわたしが言おうものなら、涙をこぼすに違いなかった。だがいまにしてみれば、まあそういうことなら、などと簡単にうなずいてしまったのは、あまり〈お姉さん〉ぽくない気がして悔やまれる。

コロンビア人の彼女がずっと会いたいと願ってきた人物は、日本に住み、日本名を持つ。そして手がかりは勤務先の電話番号のみ、となれば、知人かどうかすらわからない。せめてひと目、姿を見たい、などと奥ゆかしい望みを口にするからには、自分が傷つく事態を恐れているとも考えられる。

マグダレーナは、この日本で、アナスタシアと日本人の父親とのあいだに生を享けた。さらに父親は当時、アナスタシアに対して偽名を名乗っていたとはいえ、輸出入の仕事にたずさわっていたことは確かであるらしい。日本の商社でアルバイトをしていたマグダレーナが、なにかの拍子にそれらしい男の噂を耳にしてもおかしくない。

〈洲崎〉がもし、生まれたばかりの彼女を名づけて消えた、実の父だとしたら？

考えが堂々めぐりして抜け道をなくしたときには、目をあきらかな目標へ向け、からだを動かすことに集中するのがいい。

わたしは、洗面所の蛇口《じゃぐち》から、風呂場の目地まで、使いふるしの歯ブラシを駆使《くし》して水まわりを磨きあげた。いつの間にか積みあがってしまう三人ぶんの雑誌やカタログのたぐいを整理し、いらないものをまとめて荷造りひもで力まかせにぎゅうぎゅう縛りあげるころには、気が晴れ、すかっとした。

夕ごはんは、祖母は食べて帰るということだったので、ふろふき大根をことこと煮ながらワインをちびちびやり、残りもののひじきの煮付けを入れた卵焼きと、常備菜の、しらたきのタラコ和《あ》えをつまんだりして腹を満たした。

祖母がもどったときには九時をまわっており、やれやれ疲れたとぼやきつつ色喪服を脱ぎ、衣桁《いこう》にかけたりしているところへ母も帰宅した。

「それで？　頼みってなんだったの？」鞄《かばん》を抱えたまま、母が訊く。

「アタシもまだ聞いてないんだよ。そら、ここへお座り」

せっかちなところはどっこいどっこいの祖母も、わたしをせっついた。

岩盤浴で有名なスパの名を挙げると、母はちょっぴりしらけた調子で、ふうん、と鼻にかかった声を出した。

隣に座る祖母が、しょうがないねえというように横目で見る。

わたしは、もっぱら祖母のため、マグダレーナから聞いているかぎりのそのスパの情報を話す。

スパを経営しているのは、ラジウム鉱石などの輸入と、若者に人気の、天然石を使ったアクセサリーの販売も手がけている健康器具販売会社だった。本社は新宿にある。その業務部に〈洲崎〉なる人物がいた。

「マグダレーナは、ずっと〈洲崎〉さんに会いたかったんだけど、でも会わずに帰ろうかとも考えて、半年も迷ってたらしいの」

わたしがひと息ついたところで、母が怪訝《けげん》そうに、それでなにを頼まれたのよ、と座卓に両肘を突いて身を乗りだす。

「日本語ぺらぺらだって聞いてるわよ。通訳なんか必要ないでしょ」

「うん。通訳もなにも、自分で電話したの、彼女」

「それで？」

「業務部の女性が出て、〈洲崎〉は部署を変わりました、って」

だから彼女は、どちらにいらっしゃいますか、電話番号を教えていただけませんか、と失礼のないようていねいに頼んでみたのだった。ところが、逆に先方からこちらの名前を問われて、うまくごまかすこともできずに黙った。

「当社では私用の電話は禁じられておりますので本人に直接ご連絡ください、って電話を切られちゃったらしいのよ」

文字におこせば完璧なマグダレーナの日本語も、発音や抑揚には、さすがに不自然さがつきまとう。電話ならばなおさら、と思ったが、とても彼女には言えなかった。なぜなら電話応対した会社の女性は、携帯電話からかけてきたマグダレーナを、外国人ホステスと勘ちがいし、つけの催促か、同伴の誘い、あるいは年末恒例のイベントやキャンペーンに誘うボーナスねらいの営業活動と思った可能性が否定できない。

「かわいそうに。偏見って、なかなかなくならないから」

母もおなじことを思ったか、好奇心に満ちみちていた表情を曇らせ、視線をそらした。ややあって、気分を持ちなおそうとするように明るい声で言う。

「じゃあ、代わりに会社に電話してほしいということね？」

「いちおう、そうなるけど」

「簡単なことだったわね。もし本社勤務から現場に移ってたとしても、あそこのフランチャイズは都内だけだから。もう連絡してみた？」

「ううん。土日は本社が休みだし、前の電話で誤解されてるかもしれないのに、かたっぱしからサロンに電話して訊ねるのは、ちょっとね。変な噂がたったら〈洲崎〉さんにわるいでしょ。あしたもわたし休みだから、大代表に問いあわせてみる」

「あらそう。で、どういう関係？　マグダレーナと、その〈洲崎〉さん」

立ちあがりかけながら訊ねた母は、わたしがためらうのを見て「まさか」と呟き、ふたたび腰をおろした。

迷惑はかけないから、会いたい理由は訊かないで。

マグダレーナがなぜわけを秘密にするのか、わたしと母の見解は一致した。わたしが午後いっぱい考えていたものは単なる想像にすぎないが、エステ業界に身を置き、フットマッサージの店を経営する母のほうは、業界人らしい知識にも裏打ちされていた。

「スパで使う天然石や鉱石って、中国とかオーストリアとかブラジルあたりから輸入するんだけど、コロンビア産もあるのよ。マグダレーナは、通訳のアルバイトをしていたでしょう？　コロンビアにいたとき」

いっぽう祖母は、ずっと黙っていた。

わたしが、おばあちゃんビールは？　と声をかけると、そりゃいいね、と笑顔を見せる。

ママにも、と母が手を挙げる。ふたりのために缶ビールを二本とグラスをふたつ台所から持ってくると、祖母が落ちつきはらって言った。

「〈洲崎〉って人が、マグダレーナの実の父親だってのかい？」

どうしてそう決めつけるかと、母とわたしを交互に見る。

「その人、下の名前はなんていったっけね？　男の人だと言ったのなら別だけど」

男か女かはそういえば聞いていないし、下の名は知らないみたいと答えるわたしに、「そらごらん」と顔を向けた。

「てえことは松子《まつこ》さんか、竹子《たけこ》さんか、梅子《うめこ》さんかもわからない」

名字だけでよく男とわかるものだと指摘した。

こちらからは名乗ろうとしない外国なまりの女に、異動先を簡単に教えないというのは無理もない。もし〈洲崎〉が女性ならば、ますますもって、安易に答えたりしないだろう。女の声で電話してきたからといって、安全とは言いきれない。

「アタシもね、このあいだ、銭湯の四代目に聞いたんだよ。家から持ってきたシャンプーとか桶なんかにビデオカメラをしこんでさ、女湯を盗み撮りしてた若い娘が、同業者のとこで捕まったって」

プールや温泉場の脱衣所での盗撮にせよ、トイレにカメラをしかけるにしても、いまどきは、カネで男に雇われた女の仕業だったりする。

「人を疑うのはいやなことだけど、ま、いろいろ物騒だからね」

ストーカーかもしれないだろ？　祖母は、くいくいっとビールを空けて、じゃあアタシは先に風呂をもらうよと立った。

祖母がカタカナ言葉の語彙《ごい》を飛躍的に増やしたのは、観劇や旅行へ出かけるグループの一員である宗助さんの影響ではなかろうか。わたしが言うと、ボトルに半分のこっていたワインをグラスへ注ぐ母もうなずき、

「おばあちゃんったらモテるわね。若いころ、どんなだったのかしら」

わたしが台所から持ってきたふろふき大根に、きゃあと歓声をあげる。

「ママはいい娘を持ったわ」

「姑《しゅうとめ》はいい女だし」

「これでママまでイケてたら、隙のない、つまんない家族になっちゃう。せいぜいダメな親をやらせてもらいます」

確かに家へ帰ればぐうたらな母は、ところで出張中のユウジは元気かと訊ねた。

「あなたのいい男は、師走《しわす》もなかばだっていうのに、例のえげつないマネーゲームの

帝国なんぞをあちこち駆けずりまわってるんでしょ？」

「かわいこちゃんとね」

わたしの返事に、母はくすくすと笑って、

「かわいいのはあなたよ。正直ねえ」

嫉妬をそれほどあからさまに外へ出せるなんて、まったく、まだまだかわいこちゃんなのね、とワインを喉へ流しこんだ。きっともっとからかうつもりだろうと身がまえるわたしをよそに、それ以上は追及せず、遅い食事に専念する。

ユウジは英語の読み書きはできるものの、日本語ですら話しベタなうえに、ビジネスともなれば言葉のいきちがいや解釈の間違いが決定的なダメージにつながりかねず、相手の顔が見えない国際電話などは特に苦手としていた。

以前から、英語の通訳ができる知りあいはいないか友だちにも訊いてみてくれよ、とかなり真剣に言っていたので、知人の紹介でようやくいい人が見つかったと知ったときには、わたしも素直にうれしかった。

父親の転勤に従い、家族そろってイギリス、インド、アメリカと移り住み、大学に入学するまでのほとんどを海外で過ごした秘書は、とびきり若くかわいい女性だった。

例によって仕事がたてこみ、「パンツ求む」とユウジからSOSメールが届き、下着の差し入れに赴いたさる日曜、母親ご自慢のおこわのおむすびを大量にお重につめ持ってきた、巻き髪にフルメイクの彼女と初めて会った。

ユウジは、優秀な人材が来てくれておおいに助かっている、と彼女を紹介した。わたしのことは〈友人〉と言った。わたしが買ってきたばかりのパンツが入ったコンビニの袋を、彼女の目に触れぬよう背中に隠していた。

「負けた、と思ったのかも」

沈黙がたまらず、母に話しかけると、どんなとこが？　と平静に訊かれた。

「問題は、彼女の若さとか、外見がかわいいことじゃないって気がする。ユウジの役に立ってる、っていうのが、悔しいのかな」

「あなた、まさか彼を怒らせるようなこと言ってないでしょうね」

「平気よ。ユウジは怒ったりしないタイプだから。見た感じからしてそうでしょ？」

「自分の都合のいいように相手を決めつけるのって、どうかしらね」

母は、二杯めのワインをゆっくりと飲み干す。

わたしには思いあたることがあった。出発の前日、別れぎわに、あなたのかわいいパートナーと仲良くどうぞ、と捨てぜりふをユウジにぶつけてしまった。

「そりゃあなたがわるい」

話を聞くがはやいか、母は、軽く笑って言った。

「ママが代わりに探りを入れてあげようか」

「どういうふうに？」

「やあねぇ、本気にするんだからこの子ったら。大人なんだから自分で解決なさい」

恋を失うのに、かならずしもとんでもない失敗をやらかす必要はない。ほんのささいな意地の張りあいを、あとになって後悔する恋人たちは多いものだと、母は、いずこかへ想いを馳せるような目で、手にしたグラスを左右に揺らした。

マグダレーナが帰国する前に、うちへ呼んであげたらどうかしら。

おばあちゃんのために、と母はわたしに言った。おばあちゃんったら、本当はマグダレーナからコロンビアの家族の話を聞きたいのに、ママに遠慮しちゃって、それでしょげた感じにしてるのよ。

母の読みは、なかばあたっているだろう。だが祖母にいつもの元気がないのは、マグダレーナのことで母に気をつかっているせいではない。

このところやたらに話題にする宗助さんが、例の仲間うちの忘年会を欠席するというので、祖母は残念がって理由を訊ね、その日は命日だから亡くなった奥さんと過ごしてあげたい、とロマンチックな答えを聞かされショックを受けている。アタシはつくづくデリカシーがないねえ、と先週、わたしに泣きごとを言ったのだが、母に話していいものかわからない。

翌日の午前に、わたしは新宿へ行き、マグダレーナと落ちあった。〈洲崎〉が勤める会社の本社が入っているオフィスビルの近くで、同窓生を装い大代表に電話をする。

〈洲崎〉さんをお願いします、と名前だけ言ってどうにかなればとも思ったが、どちらの部署におつなぎしますか？　と交換手のガードは固かった。

手筈どおり、弱気な語調で、同窓会のときにいただいた名刺は業務部になっていましたけれど、と言うと、電話ごしの声がいくぶんやわらぎ、支店管理部におつなぎします、と応答があった。とりあえず安堵の息をついて、マグダレーナにも目で報せる。

電話をかける前、〈洲崎〉の性別を訊ねたとき、マグダレーナは恥ずかしそうに、男のかたです、と答えたのだった。それで何歳なの？　つづけて訊くと、わかりません、と答えた。だから、じっさいのところわたしの声が〈洲崎〉と同年齢に聞こえているのかどうかわからない。

ひっきりなしの着信をさばくのに追われる電話交換手が、いちいち、同窓生のかたからお電話です、などと細かな伝達をしないことはわかりきっている。なんとかなる、とわたしは意を決し、どの部署ならどんな口実にするかを寝ずに考えたプランのメモをじっと見つめ待った。

女性が電話口に出た。〈洲崎〉さんを、と言うと、外まわりに出ているが正午前にもどりますと帰社予定まで親切に教えてくれた。さいわいなことに、正午まではあと二十分、オフィスビル前へ移動し、〈お姉さん〉として腹をくくり小芝居を始めることにした。

ビルはちいさめで、人の出入りは少なかった。

歩道から共用ロビーのエントランスへつづくほんの数メートルの前庭で、人待ち顔をして立った。男性が入ってこようとするたびに、目線はわざとはずし携帯電話へ向け、「洲崎さんに聞いてみる」とか「洲崎さんの管轄《かんかつ》でしょ」と、聞こえよがしに名前を口にして、反応を見る。いかにも仕事の途中といったふうに、手帳を開いたり、腕時計をのぞいたりして待つうち、三人の男性が、〈洲崎〉という名をまったく気にせず通りすぎていった。

マグダレーナはすぐ隣のビルの前から様子をうかがっている。

四人めの男性がやってきて、ふたたび下手な芝居を繰りかえすわたしの横へ立ちどまり、一歩ひきかえすと、俺のこと？　と問いたげな顔でわたしを見た。

どきどきしながら、ちらと視線を投げかけただけで我慢し、「じゃあこれから洲崎さんにあたってみる」とダメ押しをしてから電話を閉じる。すると、案の定、自社の前で口にのぼったからには自分のことかもと思ったらしい。

「わたしが洲崎ですが、すいません、どちらでお会いしましたでしょう？」

男性は、姿勢をただし、ていねいな口調で話しかけてきた。

「洲崎興産のかたですか？」と、わたしが、準備していた質問を投げかけると、勘ちがいと気づいて、かなり整った顔をみるみる赤らめる。

「いいえ、違います。失礼しました」

彼は、自分の名前が偶然にも〈洲崎〉であるとわざわざ名刺を出して説明してくれた。

マグダレーナはすぐ近くまで歩みよっている。

一礼して去る彼をひきとめてほしいかと、目顔で彼女に訊ねてみた。マグダレーナは、首を軽く横へ揺らして断った。

もし彼がマグダレーナの実父なら、二十歳そこそこでアナスタシアと結ばれていなければならない。ありえないとは言いきれないが、と共用ロビーの奥へ消えていく背中を見送りながら思った。

「追えばまだ間にあうけど」

「いいです」

「探してたのはあの人？」

「はい。声でわかりました」

「声？　向こうはあなたに気づいてなかった。でも本当に、ここまできて、名乗らなくていいの？」

「はい」

結婚指輪をしていらしたから、とマグダレーナは栗色の瞳をうるませて言った。

洲崎が勤務する会社では、岩盤浴で使う鉱石やアクセサリー用の天然石をコロンビアから調達していた。あいだに入っている商社は、マグダレーナの以前のバイト先だった。日本語が堪能《たんのう》なために、通訳として重宝がられた彼女は、当時は業務部にいて資材調達を手がけていた洲崎と電話でいくたびも話し、その声に、淡い憧れを抱いたのだった。

「恥ずかしくて、お姉さんにはなかなかお話しできませんでした」

当のオフィスビルがはす向かいに見えるコーヒーショップで休みながら、すっと尖った鼻先を赤くしているマグダレーナは、化粧っけのない顔をほころばせた。

わたしが正直に、洲崎はもしや実の父親ではと勘ぐり、たいそう緊張していたことをうちあけると、まだ少し翳《かげ》りのあった表情を一変させた。

「ご心配をおかけしました。でもちょっと、ゆかいです」

笑ってもかまいませんか？　とていねいに問いかける顔が、すでにして笑顔になっていた。


マグダレーナの母・アナスタシアは、どんなものにせよ、本を読んだことはなかった。はるばる日本へやってきて、初めての子どもの出産を控えていた冬の日、男は彼女を抱き締め、生まれてくるのが女ならば名前はマグダレーナにしようと言った。わけを訊ねると、男は、コロンビアの誇る作家ガルシア＝マルケスの小説にちなんだものと答えた。

半世紀もの歳月を経て永続する愛の姿が、すれちがいをつづけてきた主人公の男女を乗せ蒸気船の航行するコロンビアの大河マグダレーナ川に託されている。それが父の愛の名であると、マグダレーナはわたしに教えてくれた。

彼女が仕事へ向かう別れぎわ、祖母と母のためにも、帰国前にうちへ遊びに来る時間を作れないか、訊ねてみた。

マグダレーナは、心からうれしそうに、お姉さんありがとう、とほんの少しだけ〈です・ます調〉をやわらげて言った。

その日の夕方、母の妹のすずちゃんに、それらしい本を持っていないか電話で訊ねてみた。読書家のすずちゃんはすぐさまタイトルを口にして、マグダレーナ川そのものを舞台にした作品もほかにあるけれど、としばし考えこみ、すこしだけ気になる点があると言った。実はね、あなたの訊いてきた小説が翻訳されたのって、つい最近のことなのよ。

すずちゃんの蔵書にしばしばお世話になっているわたしだが、名前の由来となれば、今度ばかりは借りものでは失礼な気がして、帰宅途中に書店へ寄った。そして、夕飯を待ってくれていた祖母に、なかなかいい男だった洲崎について話し、買って帰った本を見せた。

「〈名づけることは愛すること〉って、前にも、マグダレーナは言ってた。でも、生まれたばかりの自分と母親を捨てて消えちゃうなんて。もしわたしがマグダレーナの立場なら、そうとう憎んじゃうな」

「どうにもならない事情があったのさ。知った人の身に、危険が及ぶこととかね」

「知らないほうがよかった、って感じることは、確かにある」

いまここにある本の原書が発行された年と、マグダレーナの生まれ年はおなじであり、作品の発表から誕生までは二週間ほどしかない。

「実のお父さんが、スペイン語に堪能で、原書をすみやかに入手できていたら、もちろん筋道は通る」

でもなにか腑《ふ》に落ちない、と言うと、祖母はほほ笑み、

「そうかい」

ひと言で受けながしこの話題を終いにした。

愛の名と呼ぶならば、それは、アナスタシアからの愛ではないのか。母が娘を思うあまりの、やさしい作り話と考えるほうが無理がない。

もしかしたらマグダレーナは、あえて母親の話がほんとうかどうか探ったりせず、すべてをひっくるめて、ここに愛があると言いきるのかもしれない。

そうだとすれば、彼女は大人で、さすがは年季の入った〈お姉さん〉だとぼんやり想いを馳せ、箸を持つ手も止まりがちなわたしに、

「洲崎《すさき》、っていう土地があったのを知ってるかい？」

祖母が、いつもの上機嫌な口調で話しかける。

いまは埋めたてられているが、東西線《とうざいせん》の、東陽町《とうようちょう》駅のすぐ南を洲崎川というのが流れていた。木場《きば》公園から海寄りへくだった永代《えいたい》通りの南の一帯を、ふるくは洲崎と呼び、〈洲崎パラダイス〉といえば吉原《よしわら》をしのぐ規模の赤線地帯だった。もとは根津《ねづ》にあった遊郭を、近くに帝大ができるというので、立派な家の子息が集《つど》う街にふさわしくないとの政府の肝いりで、埋めたて地へ移したのが始まりだった。

カフェーの女給とは名ばかりの、売春を職業とする女たちや、入り口にあった洲崎大門など、往時の様子を、永井荷風《ながいかふう》が書きのこしている。

「ともかく、〈洲崎〉が人の名前でよかったよ」

祖母は箸を置き、さてマグダレーナにはなにを食べさせようか、いっしょに考えておくれとわたしに言った。

「それからデジカメ。あんた持ってたろ？」

「うんうん、マグダレーナといっしょに撮ってあげる」

「それもいいけど、アタシにも使いかたを教えておくれよ」

写真を撮って、今度、宗助さんに見せて驚かしてやろうと思うのさ、と祖母は小気味よい笑い声をたてた。

祖母が銭湯へ行ってしまい、ふたり分の皿を洗剤で洗っていると、ふるくてゆるみがちの蛇口から、ぽたん、ぽたん、と水がしたたって、誰もいない家のなかに響くようだった。

水を集めて、マグダレーナ川は大河となり海へ注ぐ。いっぽう洲崎川は、祖母の話では、埋めたてと水運がもたらした人工の堀切だった。

橋のたもとからじっと川面を見つめる女、台風で増水した朝に身を投げる女、この水はふるさとへ通じているか、愛しい人の帰ってしまった街にもつながっているのかと、見えるかぎりの流れへ目をやる女。

頭に浮かぶのは、心を殺し、からだを売って生きるしかない女たちの影だった。では男たちが、どういった心もちで、橋のたもとの大門をくぐったかについては考えたくない。

流れる水に隔てられた、洲崎橋を渡った向こう側を、パラダイス＝楽園と名づけたのは誰だろう。

おそらくは男性だろうその人に、真意を訊ねてみようか。あなたの愛する女性、たとえば恋人や奥さんや、おかあさんが、あなたのパラダイスで働くとしたら、それでもその場所を楽園と呼べるのかと。

不穏な感慨にたじろぎ、どうしてか、ユウジのことを想った。

泡だらけの手をふきんでぬぐい、皿をうっちゃって、自分の部屋へ行きパソコンの電源を入れる。たちあがるまでに、伝えたいことをあれやこれや、頭からこぼれおちそうなぐらい考えた。けれどもメールソフトを開くと、あんなにたくさん流れでていた言葉は消え、ただ無性に泣きたくなる。

どうしてるかなあ、と心配しています。

文章にできたのは一行きり、そのまま、ユウジのアドレスに送信した。

皿洗いにもどる途中、茶の間の座卓へ置いたままの本がふと気になって、ページをめくる。ほんの数行ばかり読みすすめたところで、さっき部屋を出るときに持ってきた携帯電話が鳴った。海の向こうにいるユウジの声が、「元気だったか」とまるで隣にいるような近さでわたしの耳をくすぐる。

ちいさなかぶ

東海道四谷《よつや》怪談でおなじみの深川三角《ふかがわさんかく》屋敷跡と、作者の鶴屋南北《つるやなんぼく》が棲《す》んだ黒船《くろふね》稲荷《いなり》、そして、わが家の三地点を線で結べば、きれいな三角形になる。隅田川を挟んだ向こう、住友《すみとも》ツインビルの裏手には、お岩《いわ》を祭った稲荷がある。

離婚した父が家を出たのは八年前だった。以来、ふるい木造の家には、わたしと母、父の母親である祖母の、三人が暮らしている。

女所帯は、戸じまりや洗濯物干しなど、なにかと気をつかう。

犯罪の噂はないものの、界隈は、再開発で用地買収があいつぎ、顔なじみのご近所さんがつぎつぎ去って、往来にはコンビニの袋をさげた若い男性の姿が増えた。

幽霊にねらわれた人は、ありがたいお札や経文《きょうもん》で身を護《まも》ろうとする。

でも空き巣に強盗、下着どろぼう、ひったくりの被害を減らせるとは聞かない。

一定のルールに従っているらしい幽霊のみなさんより、道理が通じない各種犯罪者のほうがはるかに厄介だし、恐ろしい。

牡丹灯籠《ぼたんどうろう》や、近くに菩提《ぼだい》が弔われている怪談阿三《おさん》の森《もり》のように、恋しい男の家を目指し墓場から通う哀しい幽霊には道を空け、黙って見守ろう。惚れた相手をとり殺して、ともにあの世へ行き、寄りそい暮らすのも、恋の成就のひとつの形に違いない。けれども、このところ感じている不穏な気配は、そんな幽霊の道行きのせいとは思えない。

確信はなかった。

かすかな足音や、姿は見えず路地から少しだけはみだしている人影、感じる視線も、すべて、のどかな陽気に呆けたわたしの気の迷いであればいい。

きのうの夕刻、勤め先の児童館から帰ったときは、あとをつけられている感じがした。

きょうは友だちと食事をした帰りで、一軒だけバーに寄ったから十時をまわっている。電車を降りてからここまで異常はなかったのに、家の前へさしかかったとき、裏手に建つマンションの植えこみが、暗がりで揺れた。

なまぬるい風が、どこかから白い花びらを連れてくる。立ちどまり、耳をすます。

表通りの車の音が届く。

母が帰る時間にはまだ早いのに、家のなかから、祖母の楽しげな笑い声が響いてくる。客がいるらしい。この時間なら、母の妹のすずちゃんに違いない。

植えこみを揺らしたのは猫だろう。そう決めつけると、ほろ酔いも手伝ってか、不安が嘘のように消えた。

うろついている猫が野良なら、うまく手なずけ、うちの子にしてしまおうか。あしたは休日だし、すずちゃんが来ているなら飲みなおせる。学生時代からの友人が山形から送ってくれた魔斬《まきり》がある。

わたしはすっかり、三十にして覚えた純米酒の芳香と、その肴《さかな》にする冷蔵庫の蕗《ふき》味噌に気をとられていた。玄関を入り、急に目の前へ飛びだしてきた白っぽい生きものの姿に驚き、とっさに、

「猫！」と口走ると、

「その子が猫に見えるかい？」

祖母が、茶の間から顔をのぞかせ、あきれたように言った。

春の宵に迷いこんだ客は、ちいさな犬だった。

ジャックラッセルテリアの血を継いでいるのだろう。ちょうど抱きよい体格の雑種犬で、白く短い毛に、茶のぶちがいくつか入っている。正面から見ると、三角に垂れた耳だけが茶色い。

祖母が見つけたとき、犬は玄関前にぺたりと伏せた姿勢で、上目づかいに、きゅうん、と鼻を鳴らし、まったく動こうとしなかった。

「アタシにはひと目でわかったんだよ。この子が疲れきってることも、迷い犬だってこともね」

だがすでに陽は落ち、保健所に問いあわせようにも受付時間は終わっていたから、ひとまず家のなかへ入れることにした。足を拭くのを嫌がらず、汚れたハーネスをはずすあいだもじっとしており、一度も吠《ほ》えない。これほど手のかからない犬は見たことがない。

ことのしだいを、祖母は上機嫌に語り、

「猛獣つかいになった気分だよ」

ひととおりの芸はできる、なにかやらせてごらん、とわたしに勧めた。

犬は、手が届くか届かないかの微妙な位置にうずくまっていた。人間の言葉がわかるとでもいうように、こちらの顔を交互に見ている。

わたしが向きあうと、細い尾が、はたはた畳を掃くように揺れた。小手調べに定番の「お座り」を試す。ちいさなからだが、弾かれたように反応し、よい姿勢で座る。

「ほら、アタシの言ったとおり。なんておりこうさんなんだろうねえ」

脇から祖母が自慢げに囃《はや》す。

犬はまったく動じなかった。ぴんと背筋を伸ばし、初対面のわたしを、ほんのわずか戸惑いの混じる目で見つめてくる。つぎは当然、

「お手」

それから「おかわり」、わたしの指示を聞くたび、コマンドがしっかり入った犬に特有の、自信に満ちた表情へと変わっていく。

こちらがそうであるように、犬のほうも、見知らぬ相手の出方を探りさぐりしているのだと思うと、おかしいような哀しいような、不思議な気持ちになった。よしよし、と首をなでれば、犬は目を細め、頭の重みをやさしくゆだねてくる。こんなにおだやかな犬が迷子になるからには、よほど驚くことでもあったのだろう。

祖母が、そっと腕を伸べ、甘えたしぐさでしがみつく犬を胸に抱く。

「飼い主はどんな気持ちでいるかねえ」

「交番には連絡してみたの？」

「犬の迷子は、おまわりさんじゃなくて保健所に訊ねるものだろ？」

「ううん、警察も探してくれるらしいよ。きっともう、捜索願が出てるんじゃないかな」

「おやそうかい」

でも遅いから、あしたでいいさ、と祖母は、ごまかすようにあらぬほうを見た。本当は、警察でも預かってくれることを知っていたに違いない。

「おばあちゃん、わかってるよね。この子は、よその犬でしょ。ちゃんと返してよ」

「なに言ってんのさ。人聞きのわるい」

ねえ、カブ、と抱いた犬の背を愛しげになでながら、祖母は言った。

「カブや、聞いておくれ、アタシの孫は、こんな年寄りをどろぼう扱いするんだよ。ひどいねえ、カブ」

「こんなときだけ、年寄りとか言っちゃって」

それにカブだなんて妙ちきりんな名前はどこからきたの？　と訊ねたわたしに、祖母は、飽きずになでおろしていた手を止め、

「これをごらん」

犬の背中にある茶色のぶちを見せた。指で輪郭をなぞる。

「野菜のカブとそっくりの形だろ。ここが葉っぱ、そして下の丸いのが、カブ」

葉柄《ようへい》の長い葉をつけたままの、小ぶりなカブのシルエットがあった。

いったん言葉で表してしまうと、ぶちの形は、カブにしか見えない。新鮮でおいし

そうに感じられるから不思議なもので、みずみずしい「カブ」は、この犬にふさわしい名に思えた。そして気づく。祖母とわたしが「カブ」と口にするたび、犬は、白い尾をぱたん、ぱたん、とふる。

勝手に名づけていいものか、悩むわたしを、祖母が笑った。

「かまやしないさ」

「でも」

「ひと夜かぎりの浮世の縁。硬いことを言いなさんな」

「やだもう。ひと夜妻とか、そういうのみたい」

「おてんとうさまが顔を出したら、お別れなんだよ、せつないねえ、カブや」

うっとり身をあずけるカブは、もうしわけていどに尾をふる。

カブにはもどる場所がある。待つ人がいる。はなから決めつけているけれど、じっさいのところ、どうなのか。まだなにもわかっていない。

楽天家の祖母は、天から降ってきたようなカブとのひとときを素直に楽しんでいた。ドッグフードは、三軒先の、犬がいる家からわけてもらい、排泄のための散歩にも連れだしている。このあたりでは見ない犬のはずだが、飼い主さがしを兼ね、近所をひとまわりして、見知った顔には、心あたりを訊ねてみた。

「アタシだって、ちゃんとやることをやったんだよ」

おや、眠ってしまった、と祖母は、腕のなかのカブを静かに運び、ふるい毛布でこしらえた寝床へだいじそうに寝かせた。

「まさか捨て犬ってことは？」

わたしが訊くと、祖母は、これがあるだろ、と発見したときに装着していた赤いハーネスを指した。

やわらかで、上質なものだった。鑑札はないが、リードがついている。ひきずったまま、うろうろ歩きまわったせいだろうか。古新聞に包まれたリードは土で汚れ、桜の花びらが何枚かくっついていた。

ほどなくして、母が帰宅したとき、毛布に包まれたカブはぐっすり眠っていた。

「なんなの？　その白い物体は」

あきらかに腰が引けている母へ、祖母は、しれっとして答える。

「おおきなネズミと思えばいい」

お犬様は苦手だろ？　と、母ひとりの遅い食卓を整えるため、よいしょと立って、勝手へ行く。

母の反応は、思ったほど強烈ではなかった。うちの軒を頼ったかわいそうな迷い犬であること、あすの朝まで少しの辛抱であることを、わたしから説明した。

恐い？ と探りを入れてみる。母は、横目でちろっとそちらを見る。

「恐くなんかないわよ」

「無理してない？」

「ママが恐いのは、幽霊と、税務署だけ」

そういえば、と祖母が、料理をのせた盆を持ち、割って入る。

「このあいだ、犬の雑誌を見ていたねえ」

「あれは、女性誌でたまたま犬の特集をしていたのよ」

「ずいぶん熱心に読んでたじゃないか。アタシはてっきり、飼うつもりかと思った」

「ちょっと興味を持っただけです。犬のことなんて、よく知らないから」

おやそうかい、と祖母は、筍《たけのこ》と身欠《みが》き鰊《にしん》の煮物、菜の花のからし和《あ》えに、ふきのとうで手作りした蕗味噌をならべた。わたしが箸《はし》や小皿を準備するあいだ、母はぐったりと座りこみ手ずから肩をもみほぐしている。

母の帰りは、深夜になることもまれではない。フットマッサージの店を経営し、繁盛させているが、それはひとえに、家庭を切り盛りする祖母の存在あってのことだった。

「さあ、おあがり」

祖母は母の正面に座った。あらためて、わたしにしたのとそっくりおなじ話を自慢げに語りだす。

「ぺたっと腹ばいになっていてね、申しわけなさそうに、こっちを見あげて」

玄関の戸を開けても動かず、なかから「おいで」と誘ってようやく、起きて従ってくれた。雑巾で汚れた足を拭き、茶の間へ連れていけば、切羽つまったような瞳で見つめてくるので、「待て」と言いつけ、深めの皿に水を汲み、目の前へ置いた。けれどいっこうに飲もうとしない。さて、と考え、飼い主になったつもりで「よし」と言ってみた。すると、よほど喉が渇いていたのか、脇目もふらず一心に舌ですくって飲んだ。なんとおりこうなことだろう。

「というわけで、アタシはこれから風呂をもらいますよ」

祖母はひとしきり話し、満足して茶の間から出ていった。

母が、すっかり飼い主きどりね、と苦笑して、

「ユウジ君は、犬は嫌いじゃないんでしょ?」

結婚したら飼えばいいのに、とわたしに言う。

「あなた、子どものころから犬が大好きだったわよね。ごめんね、ママが苦手なせい

で、飼ってあげられなくて」

わたしとユウジは、共通の友人がいた縁で出会い、つきあいはじめてそろそろ三年になる。彼が結婚を考えてくれているのはうれしいが、まだなにも具体的な話は出ず、指輪をもらったりもしていない。形や物にこだわらない性格は似たもの同士とはいえ、さすがに、宙ぶらりんに感じるときもある。

指輪って、こちらから要求してもいいものだろうか。もしかすると、あのユウジのことだから、仕事の忙しさにかまけ、うっかり忘れているのかもしれない。

こんなときこそ人生の先達に相談だ、と、母を見れば、

「動物好きな人って、信用できそうな気がする」

なぜかうっとり口にして、嫌いなはずの犬の寝姿を、けっこうかわいいかも、とせいいっぱいほめた。

母の言動は、最近ちょっとおかしい。恋人ができると、仕事の帰りがだんだん遅くなるから一目瞭然《いちもくりょうぜん》で、訊かなくてもわかるが、今度の彼氏は動物好きなのだろう。

「あしたは晩ごはんいらないわ。遅くなるから、待たないで先に寝ててちょうだい」

「へいへい」

「なによ、その態度。親を馬鹿にして」

「別にわたしは、ママがどんなイケメンとデートしようと、干渉する気はありませんけど？」

いつもなら、ここで、憎まれ口を返してくる母が、耳まで赤くして、

「やあねぇ、もうっ」

三十路《みそじ》の娘を相手に、少女みたいに照れた。


うららかな陽気に散歩気分で、永代通りを、カブを連れた祖母と歩いた。もともとついていたお洒落なリードはあまりに汚れていたため、紙袋に入れてたずさえ、代わりに、ご近所から借りたふるい縄のような代物をつけている。

カブはとことこ足どりも軽く、まるで、いよいよ飼い主の許へもどれると悟っているかに見えた。逆に祖母は、どこか浮かぬ顔をしている。

「おばあちゃん、笑ってサヨナラするのよ」

わたしが言っても、返事をしない。

朝は苦手な祖母が、今朝はわたしより早く起きて、すでにひとまわり、カブと散歩をすませていた。母はといえば、おそらく意図的に寝坊をして、朝食は職場ちかくのサンドイッチスタンドで買うからと、そそくさと出勤していった。

思えば、祖母は、きのうの時点で警察へ届けることが可能なのにそれをしていない。きょうがもし平日なら、わたしがいなくとも、ひとりでちゃんと犬を届けに行っただろうか。

「さあ、おばあちゃん」

駅の手前で、五分ほども足を止めてたたずむ祖母をうながす。

「アタシはただ、馴れない道でカブが疲れたかと思ってさ」

「うん、わかってる」

カブは、黒い目で祖母をまっすぐに見つめ、指示を待っている。軽くリードを引いただけで、ふたたび寄りそうように歩きだす。

駅のそばにある交番は間口がせまく、見た目はふるくてしょぼいが、対応は親切このうえなかった。ハイテクの恩恵で、警察署から情報を取りよせることは造作もなく、四十がらみの警官は、あっという間に調べを終えた。

「該当する届けは、いまのところありません」

署のほうで犬を預かることができるし、保健所もしかり、けれども、

「数日たっても飼い主が名乗りでない場合、捨て犬とおなじ扱いになってしまうんですよ」

だから環境が許すのならば、とカブの首や腹を荒っぽいぐらいにごしごしさすって言う。

「飼い主につながる情報が出てくるまで、お宅で預かっていただいたほうが犬のためになります。逃亡ぐせのある犬だと、飼い主のほうものんびりかまえて、自力でもどるのを待っていたりしますからね。届けが遅れるのは、まああることなんです」

祖母はむろん、預かりを快諾した。警官は、書類にそえるカブの写真を数ポーズ撮って、背中の模様に気づき、

「これは確かに。ちいさなカブだ」

いい人に助けてもらったな、とカブの耳の後ろをなで、祖母をよろこばせた。

家へもどる道すがら、祖母はうきうき足どりも軽く、帰宅するなり張りきって、犬を飼うのに必要なあれこれを整えた。

ドッグフードのみ、高級な缶詰をふんぱつし、室内に置くケージや水と餌《えさ》の皿は、リードを貸してくれた家の老犬が仔犬のころに使ったものを借りた。

三軒先の家へ一年前に移ってきたご主人は、カブを見て、ジャックラッセルテリアに似ていないこともないが、性格がまったく違っている、個体差はあるにしても、たいてい遊び好きで、こんなにおとなしくはないと言った。

彼の愛犬さぶは、両親とも雑種の中型犬で、十五歳になる。日がな一日、近くに建つビルの影が刻々と動くのに合わせ、ひなたを求め、庭を移動しながら昼寝をして過ごす。

夜は家のなかへ入れるが、老化が進み、深夜に室内をぐるぐる歩きまわるようになった。いずれ夜鳴きが始まり、お騒がせするかもしれない。そのときは申しわけないがよろしく、と彼は頭をさげた。そしらぬさぶのおおあくびを、笑顔で見やり、あれは人間ならば八十ちかく、てのひらにのる甘ったれのおチビさんが、いつしか主人である自分を追いこしていた、と目を細め語った。

祖母とペット用品店まで散歩をしてきたカブは、ケージが気に入ったらしく、買ってもらったクマのぬいぐるみを前脚で押したり、甘嚙みしたり、なかでおとなしく遊んでいる。ときどきクマが、きゅう、と鳴く。

「アタシがコマンドをやらせてみせるだろ、するとどうだい、店のおねえさんが感心して、万にひとつ飼い主が探しにこなくっても大丈夫ですねえ、なんて」

「そのことだけど、妙な感じがしない？」

わたしはなぜか、カブの飼い主が名乗りでないような気がしていた。特にこれといった理由はない。第六感というか、霊感じみた予感か、とにかくなんとなく、これから届けがなされるとは思えなかった。

「おばあちゃんは、それでもかまわないでしょ？　もし、カブがこのままずっとうちにいることになっても」

番犬がいたら安心かな。わたしのつぶやきに、祖母は、

「霊感だの、妙な感じだのと、さっきから、らしくないことを口走るねえ」

カブとは別に、気がかりでもあるのかと訊ねてきた。

百鬼夜行《ひやっきやこう》とはいかぬまでも、この地にゆかりのある幽霊話は、なぜか九つある本所《ほんじょ》の七不思議、円朝《えんちょう》の手になる怪談の数かず、そして、ご存じ東海道四谷怪談とそうそうたるラインナップを誇る。

恐がりの母などは、もしも「お岩さん」と口にしてしまったときは「南無阿弥陀仏《なむあみだぶつ》」を唱えなさい、と幼稚園児のわたしに真顔で教えたものだった。

「でも、下駄の音が真夜中にうちの前で消えるとか、朝顔模様の浴衣を着た屍《しかばね》が通ったとか、そんな風流なものじゃないの」

わたしは、このところの、こちらを見張るような気配について話した。

ただ一度、同世代ぐらいの男と、うちの玄関の真正面で出くわしたことがある。用があるのかとは訊けなかった。母の妹のすずちゃんと、あたらしくオープンしたバー

を探訪してきた夜で、まだ電車のある時間だったが、周囲に人影はなく、慌てた様子で立ち去る男を呼びとめるのは危険に思えた。

あんなにハンサムな男が不審者というのも妙かしら。でも外見から受ける印象が、その人のすべてを語るわけでもないだろう。そのときは、ちょうど母も帰ったばかりで、酔ってご機嫌でいるところをぶちこわしにしては、と話しそびれたのだった。

もしかすると、あれは、母を送ってきたあたらしい恋人だったのだろうか。

いまにして思えば、タイミングが合っていた。母が乗ってきたらしいタクシーと、うちの前の路地へ入ったときにすれちがってもいる。でも、彼は、二十代に見えた。「おっ、イケメン」と思ったが、長身で、スレンダーで、どことなく頼りない風情でもあった。

わたしが知るかぎり、母の好みのタイプは、がっちり体型の、嵐が吹こうとけっして飛ばされそうにない、手ぬぐいのねじりはちまきと雪駄《せった》、短髪の似合う男のはずだった。たとえば、いまは遠いコロンビアであたらしい家族とスシ・バーを営む、板前ひとすじ四十七年のわたしの父などは、ものの見事にあてはまる。

祖母が、二服めのお茶を急須《きゅうす》から注ぎわけつつ、思案顔で言う。

「アタシから、例のおまわりさんに相談してみようか」

「まだそこまで切迫してないから。もうちょっと待って」

「幽霊は、好きにさせときゃいいけど、人間なら困りものだ」

「幽霊だったら、雷や嵐みたいな自然現象と思っとけばいいけどね」

物音は野良猫、影は春霞《はるがすみ》の見せた幻かもしれない。ふたりして、わが家に思わぬ逗留《とうりゅう》をしているカブを眺めやり、夕飯をなににするかの相談に移ったときだった。

「おばあちゃん、聞こえる？」

「ああ、さぶだね、きっと」

三軒先の、快《こころよ》くケージを貸してくれたさぶが、遠吠えと呼ぶには弱々しいかすれ声で鳴きはじめた。長く尾を引くそれに重なるように、スピーカーを通した男の声がしだいに近づいてくる。カブはぬいぐるみ遊びをやめた。祖母が機敏に立ち、少しだけ開けてあった掃きだし窓から首を外へ伸べる。

ひずんだ声に、耳をすませた。

こちらは深川署です、と名乗る。迷い犬を保護しております。雑種の小型犬、白い短毛、耳と背中に、茶色のぶちがあります。お心あたりのかたは、最寄りの交番、もしくは地域安全センターまで、お知らせください。

交通安全を呼びかけるパトロールは日本中で行われている。そのついでに犬を探してしまおうというのは、妙案だし、楽しいが、ちゃんと上司の決裁を仰いでいるのだろうか。

カブへふりむいた祖母が、犬のおまわりさんが探してくれてるよ、と報告した。

まさかまだここにいるなんて、と仕事から帰った母は、ものめずらしげに見つめてくるカブから目をそらす。

「どういうこと？　たまたま飼い主が出張中で、今晩だけは、うちで預かるとか？」

今晩だけは、と強調する物言いがおかしかった。つい、くすりと笑いをもらしたわたしを、母は軽くにらんだ。

「説明してもらいますからね。きちっと。隠さず。なにからなにまで」

おばあちゃんもよ、と、カブを膝へ抱き知らんぷりを決めこむ祖母にも声をかけた。

カブをふたたび連れ帰るまでのいきさつを、わたしが話した。

劇的なところはなにもない。それなのに、話を聞き終えた母は、目もとをうっすらうるませていた。

「じゃあ、仕方ないわ」と咳ばらいでごまかす。

「犬の身のうえもさまざまね。迷子になってるのに、ほったらかしの犬。だいじにだいじに愛される犬」

母は、祖母の膝にいるカブを、なんとなく牽制《けんせい》しながら、つい先日、店を辞めて実家へ帰った若い女性スタッフと愛犬について語りはじめた。

苗字から一文字を取り、あゆちゃんと呼ばれていた女性は、たいそう犬をかわいがり、病院の定期健診を欠かさず、シャンプー、泥エステ、アロママッサージはドッグサロンにて施術、フードはオーガニックにこだわっていた。

休日はドッグランへ連れていき、ひろいスペースで存分に遊び、帰りがけには行きつけのドッグカフェへ寄り、ケーキセットでお茶にする。犬用のケーキは、マヌカハニーやオリゴ糖を使ったヘルシー系のほか、松阪牛《まつさかうし》を混ぜた特選品がそろっている。

あゆちゃんは、母が経営するフットマッサージ店で一、二位を争う人気のフットセラピストだった。けれども新潟に住む母親が病に倒れ、自宅介護となって三か月、ひとりで踏んばっていた父親に肝臓疾患が見つかり、実家へもどることを決めた。

犬はもともと、同棲していた恋人のものだった。新潟へ越すことを聞いた恋人は、彼女に別れを告げ、犬を残したまま、部屋を出ていった。

犬の名はラブ。

「ええと犬種は、確か、ジャックなんとか。いいえ、なんとかテリアだったかしら」

「ラブって名前なら、ラブラドールかと思った」

わたしが口を挟むと、母は困ったように言った。

「ママは犬種はわからないわ」

「白い短い毛で、黒や茶のぶちが入ってて、ちょうどカブぐらいのおおきさじゃなかった？　もっと毛が長いのもいる」

犬オンチの母はしばしし、どこから見ても雑種のカブを、しげしげと見つめた。

「この子だったりして」

「まさか」

「冗談よ。彼女の棲まいは三鷹《みたか》だった。遠すぎる」

それになにより、ぶちの形がまったく違う。母は、ラブの背中には左右対称の模様があると言った。

「天使の羽根の形をしているのよ」

「へえ、羽根なんて、それはかなり自慢だよね」

「でも実を言うと、そのラブって犬を見たことはないの」

「携帯の待ちうけとかの写真も？」

「ああ、そうね。でも、携帯は勤務中はロッカーに入れておく決まりだし」

血統書つきのラブと、雑種のカブは、それぞれ背中に、天使の羽根と、野菜のカブの形をしたぶちがある。

イソップの金の斧の話ではないが、ラブかカブかと訊かれたら、わたしはカブと答える。正直だからではない。金の斧の話に出てくるきこりも、金より銀より、鉄の斧が木を伐《き》るのに適しているから、必要だった。わたしには野菜のカブ模様のほうがゆかいで、しあわせになる。

静観していた祖母が、カブを膝からおろした。

「ともあれ、食わずぎらいを克服するいい機会じゃないか。そら、こういうふうにするんだよ」

お座り、お手、おかわり、とつづけてコマンドを出し、おりこうにやってのけたカブの首のあたりを、よーしよしと褒めちぎりながらなでてやる。

「ママにもできるんじゃない？」

わたしが、かなり頭のいい犬だよと勧めると、母はいきなり、高い声を出した。

「お手！」

こちらへおしりを向けていたカブはゆっくりとふりむき、助けを求めるように、わたしの顔へ目を移す。

いつもの母なら、ここで、ぷりぷり怒りだすはずだった。あっかんべぇーと舌さえ出しかねない。けれども予想に反し、母は急にしょんぼり肩を落とした。

「ちゃんと探してあげてるの？」

迷子の犬は哀しすぎる、でも飼い主もひとりぼっちだとしたら、と、いつにない真剣さで、わたしと祖母に言った。

たとえば飼い主がひとり暮らしのお年寄りで、探す術がわからず、相談する人もいない場合、こちらが手をこまねいているだけではどうにもならない。

「この犬を見たことはありませんか、って、働きかけなくちゃ」

苦手な犬に、母がこんなにもつよく同情するのはなぜか。犬好きな恋人に影響を受けたにしても、肩入れしすぎていると疑問に感じた。とはいえ、これはカブのためでもある。

「じゃあさっそくあした、ユウジに手伝ってもらって、パソコンでチラシを作ってみる」

それをスーパーなど、人の集まるところへ、わたしと祖母とで手分けして配ってまわることにした。

一週間が過ぎようとしていた。

デートの予定を立ててもつぶれてばかりで、恋人甲斐のないユウジが、こんなときには張りきって、

「関東地域すべての犬探しサイトにあたった」

友人と共同経営しているネット関連会社の情報網を駆使し、行方不明の犬を探しています、とか、迷い犬を保護しています、といった書きこみのできる掲示板に、カブの写真と、発見時のくわしい状況について投稿してくれた。

加えて、会社が運営するポータルサイト内には、臨時のブログまで開設した。毎日一枚、祖母がデジカメでカブの生活のひとコマを撮り、仕事から帰ったわたしが、勤務中のユウジへネットで送信する。

魅力的なブログとしてうまくアップするのは、ユウジにはお手のものだった。「わんこ預かりブログ」とベタなタイトルにもかかわらず、アクセス数は多い。

「会社のサイトの、問いあわせフォームあるだろ、あそこに、カブを引きとりたい、とか言ってくるんだ」

だが肝心の飼い主が現れない。

神宮前の南のはずれにあるオフィスから、ジョーダン・コートのある美竹《みたけ》公園までぶらぶら歩いた。

不定期の休みしかとれないユウジは、わたしをさみしがらせないためにと、時間をやりくりして仕事を脱けだしては、いっしょにあたりを散歩するようになった。〈女というものは昼に連れだって歩いてやれば、本命の恋人は自分なのだと安心する〉と悪友に吹きこまれたらしい。

いずれ誰かに頼んで、〈女というものはあやふやな婚約状態をつづける男が浮気をしていると考える〉とでも言ってもらおうか。だがとにかくいま、わたしたちの日々と、関心は、カブを中心にまわっている。

「わたし実を言うと、飼い主が見つからないような気がしてた」

保護した翌日、警察や保健所に迷い犬の届けがないことを知ったときから。

道の向こうから、日傘をさした老婦人と、スカートをはいたトイプードルがやってくる。彼らとすれちがうまで待って、ユウジが訊く。

「なにか引っかかることでもあったか?」

いいえ。わたしは、西洋の王侯貴族を描いた肖像画にも登場するボルゾイが、若いマダムに連れられ悠然と交差点を横ぎるさまを見やって、首をかしげる。

「霊感みたいなものかも」

ほかに言いあらわしようがなかった。するとユウジがおどけた口調で言う。

「幽霊かもな」

愛犬の行く末を憂えた霊が、いっそ冥府《めいふ》へ伴うつもりでこの世へもどってみたものの、ぴんぴん元気な犬をとり殺すには忍びなくて、よさそうな家の軒先に、うちの子をよろしく、と泣くなく置いていった。

「ユウジすごい。それってありかも」

「おい、冗談だぜ」

ユウジが足を止める。わたしは、わかってるよ、とすかさず彼の腕を引っぱり、自分の腕とからませた。こうして、ふいをつかないかぎり、照れ屋の彼は、腕を組んで歩くのを承知してはくれない。

「わたしちっとも考えてみたことなかった。たとえば、飼い主の死を理解できないカブが、あちこち探しまわるうち迷子になった、っていう可能性もあるんだよね」

飼い主は、名乗りでないのではなく、名乗りでることができない。この世にいない。

「うちの暗い廊下から、そっと幽霊がのぞいてたりして。探してもムダだぞーって」

「カブを邪険にすると、ぴしっ、と家鳴りがするとかな」

飼い主死亡説はひとつの推測にすぎない。とはいえ、恐がりな母には、とても聞かせられたものではなかった。


「カブと離れがたいねえ」

関東では散ってしまった桜を追い、北紀行と洒落こむ祖母が、玄関を出しなにふりかえって言う。わたしの腕におとなしく抱かれているカブを、今生の別れのように哀しげな目で見て、

「もし、旅で留守のあいだに飼い主が訪ねてきたら、遠慮はいらない、すぐにこの子を返しておやり」

アタシの帰りを待つことはないよ、ときっぱり告げ、芝居や旅を楽しむいつもの仲間たちと待ちあわせている東京駅へ向かった。

二週間あまりがすぎて、あきらめのなかに、新鮮で心地よい落ちつきが着々と育っていた。

初めのうち、はりきって朝はやくから散歩に出ていた祖母も、元のお寝坊さんにもどり、のんびり自分のペースであちこちカブを連れまわしている。ブログは、カブの

目撃情報を集めるという当初の目的からそれ、昨年来デジカメに凝っている祖母の、アマチュアカメラマンとしての修練の場になった。そして、なんといっても母の態度が変わった。

母はずいぶんと犬に馴れ、アイコンタクトせずにコマンドを口にするような、犬を当惑させる態度をとることはなくなっていた。いまや進んで、カブにちょっかいを出す。カブはむろん、遊んでもらいたくてよろこんで愛嬌を見せる。

祖母が二泊三日の花見旅行に出たのは月曜で、家にはわたしがおり、カブがひとりぼっちになることはなかった。翌火曜と水曜の日中は、老犬さぶのご主人が預かってくれる。けれども、月曜の夜おそくに仕事からもどった母は、

「あしたはママにまかせて。お休みだもの、一日中ばっちりおまかせよ」

一から勉強するつもり、と犬との接しかたに関する本を実に五冊も、座卓へならべた。

母の休日の過ごしかたはワンパターンで、昼前まで寝て午後にショッピングか美容院へ行き、恋をしているときには夕方からいそいそデートに出かけていく。帰宅時間は定かでない。たまに、わたしが出勤のため起きだす時刻に外からもどって、買ったきり使っていない香水をあげるから祖母には秘密に、などと口止めをする。

あすは、恋人に会うものと思っていた。デートの予定がキャンセルになったの？と訊ねるわたしに、母は妙に動揺して、しきりにぱちぱちまばたきをする。

「すぐそうやって勘ぐるんだから。うちでゆっくりしちゃダメなの？」

平日の午前に店を訪れる女性客は、犬を飼っている割合が高いのだと母は言った。そして施術中に、ペットの話をする。スパやエステの、カップルでいっしょにマッサージを受けられるプランのように、犬と飼い主のための個室があれば、との要望も多い。

「もうすでにそういう店ができてるのよ、恵比寿《えびす》とかに」

だからママはがんばって苦手を克服シマス、と母は、やけにういういしく宣言した。

カブの意見は聞かなかったが、母がそう言うならと、その場は首を縦にふり、床へついた。だが夢のなかでは反対し、おとなになってから一度もしたことのない口げんかを始め、子どものころにどんなに犬を飼いたかったか、涙まじりに訴えたところで目を覚ました。

朝がきて、腹を決めた。母ひとりにカブの世話をまかせるのは不安だが、なにか困ったこと、わからないことがあっても、さぶのご主人が助けてくれるだろう。

つい二週間前までろくに犬に触れたことのなかった人間に託されるとも知らず、カブは白い尾をふり、おとなしくわたしを見送ってくれた。

児童館の事務所に出勤するとすぐ、母から写メールが届いた。さっそくトラブルかとあせったが、なんの変哲もないカブの顔のアップが映っており、うまくやっている様子だった。

春の雷雲は明るく、夏のおどろおどろしい黒雲とは似ても似つかない。十一時をまわるころ、区役所での会議を終えてもどった上司が、窓の外を指して言った。

「さっきより近づいてきましたね」

わたしは廃棄書類をシュレッダーにかけるのに忙しく、少し前から鳴っていたらしい遠雷の音に気づいていなかった。

窓辺へ寄ると、ちょうどぽつぽつ雨粒がガラスを叩きはじめたところで、稲光のたび、空をおおった雲が白く光る。

カブが心配だった。

雷を恐がる犬は少なくない。驚いて外へ飛びだし、事故にあったり、迷い犬になったりする。しつけができている犬だからといって、油断はできない。

雨が急に勢いを増し、雷鳴はさらにおおきく、間隔をせばめてくる。カブは暴れていないだろうか。家の窓が開いていたら、そこから逃げて、またあてもなくさまようことになる。

ごうごうと地面を叩く雨は、長くはつづかず、急速にしりつぼみになったかと思うとぴたりとやんだ。雷のほうは、なかなか去ろうとせず、遠くなったり近くなったり、気を持たせながらうろついている。

そろそろ、母に電話を入れてみてもいいだろう。意外にけろっとしているような気がして、こっそりロッカー室へ行き、携帯電話にかけてみると、母はかぼそい声で、おろおろと訴えた。

「どうしよう、ねえ、どうしたらいい？　ママね、カブを逃がしちゃったの」

探しているが、どこへ行ってしまったのか見当もつかない、と苦しそうに息を継ぐ。

ごめんね、ごめんね、と繰り返す母に、どこでなにが起きたか、いまどこにいるのかを訊ねた。そして、すぐに駆けつけてあげたいが、あと三十分で昼休みになるからそれまで待ってほしい、となだめて通話を切った。

母を責めるわけにいかなかった。ゆうべ、はっきり「ダメ」と言わなかったわたしに非がある。

昼休みに入ると同時に、うちでトラブルがあり少しもどりが遅れるかもしれない、と同僚に耳打ちして職場を離れた。

電話で聞いた話では、雷が鳴りだしたとき、母はカブを連れ散歩の途中だった。雨がつよまる前に帰ろうと、とにかく最短距離で家へ向かっていて、いつもなら恐がって近づかない黒船稲荷の前にさしかかったとき、稲妻がかっとあたりを蒼白く照らし、雷鳴と地響きに驚いたカブがリードごと逃げてしまった。

鶴屋南北が東海道四谷怪談を書いた終焉の地、黒船稲荷で雷におそわれれば、恐がりな母が、ついリードを持つ手をゆるめたのも納得がいく。

駅まで駆けていきながら、母の携帯へ電話をしてみた。しかし、捜索に夢中なのか応答はなく、わたしはとりあえず帰宅することにした。

カブのハーネスには、祖母がフェルトで作った迷子札がついている。うろついているところを保護した人がいれば、家に連絡をくれただろう。

電車を降りてからの道すがら、左右へ目をくばりカブの姿を探した。二度、自転車にぶつかりそうになり、怒鳴られ、家の近くまできてようやく、交番に寄ってみればよかった、と気づいた。

大通りから路地へ曲がると、どこかから男性の声で、「カブーどこだー？」と呼びかけるのが聞こえた。いったいどうなっているのかと、不審を抱きつつ、家まで走る。

カブは、ぽつんと、お座りの姿勢で玄関の前にいた。

せつなげに鼻を鳴らし、わたしを見あげる。白い尾が、右、左、右とゆっくりふれ、あくびをひとつ、姿勢はそのままで力を抜き、楽な体勢をとる。

自力でここまでたどりつくのに、いったいどこを通ったものか、泥まみれのリードが、かたわらにとぐろを巻いていた。

カブを呼ぶ若い男の声は、どんどん近づく。茶色の垂れ耳が、声のする方向へ動いてはもどる。

なぜ彼がカブを探しているのか、わからなかった。たまたま母に協力を申しでた通行人だろうか。

もし本当の飼い主なら、元の名で呼ぶ。いいえ、でも、ブログを見れば、いまはカブと呼ばれていることがわかる。飼い主に頼まれた友人の可能性だってある。

汚れたリードをはずし、おいで、と腕を伸べた。カブは進んで抱かれたが、顔は通りへ向けたままだった。

男の声が迫り、ふいに、このところ気になっていた足音や影のことを思いだす。片手で玄関の鍵を開けようとして、思うようにいかず手間どっていると、背後から呼びかける声があった。

「カブ！　帰ってたのか」

連ドラで主役を張れそうな、やや線の細い長身の男が、通りに立ってこちらを見ていた。わたしより若いかもしれない。どことなく見憶えがある。そういえば以前、すずちゃんと飲んで帰った夜に、うちの前にいた。

どう対処すべきかわからなかった。こちらの出方しだいで態度を豹変させる人はめずらしくない。

腕のなかにいるカブを盾のようにして、あなた誰？　と口にしかけた瞬間、母のかすれた声が、カブーッ、と長く間のびして呼んだ。

「よかった、ホントに帰ってたのね」

息を切らせ駆けこんできた母は、たまたま近所のおじいさんと行きあい、白い犬ならひとりでとことこ玄関先へ入っていった、と教えられ、あわててもどったと話す。

男は、黙って母を見守っていた。立ち去るそぶりはない。

わたしがいくら彼をきつくにらんでも、若々しい目は、一点にじっと据えられている。ちっともこちらを見ようとしない。

それにしてもなんて甘ったるいマスクなのだろう。となりに父をならべたら、進化前と進化後、といった比較図になりかねない。

母に向かって目顔で訊ねる。この優男《やさおとこ》はいったいママのなんなの？

母は、わたしの目を探るように見て、つぎに彼に視線を移し、またわたしのほうへ向いた。三人ともが、それぞれに気まずい思いをしていることがわかる。

妙な間があって、どう打開すべきか迷ううち、今度は、見慣れぬ軽自動車が、うちの前へ乱暴に横づけされた。とり乱した様子の若い女性が降りたつ。

「カブ」とその女も言った。

けれども男と違っているのは、呼応するカブの態度だった。カブはわたしの腕から逃れようともがいた。おろしてやると、一目散に女へ目がけ走り、飛びあがって胸に抱かれた。

「ごめんねカブ。ごめんね、待たせちゃって」

女はカブに頬ずりして、すぐに顔をあげ、母へ向きあう。

「社長、申しわけありませんでした」

それから深々とこうべを垂れた。母は特に驚いた様子も見せず、

「これはどういうこと？」と、家では見せない毅然とした口調で問いただす。

「説明してちょうだい、あゆちゃん。どうしてカブがわたしの家に来たのか。あなたがなぜ、いま、ここにいるのか」

カブは、母の店でフットセラピストをしていたあゆちゃんの犬だった。捨てられていたのを恋人が拾ってきて、背中のぶちが葉のついたカブに似ているという理由から「カブ」と名づけた。けれども周囲には、「ラブ」という名の天使のような犬だと言ってしまった。

世話は、もっぱら彼女がした。恋人は下積み中のお笑い芸人で、いつかかならずブレイクする、ネタあわせが大切なんだ、と外泊を重ねたが、さびしさはカブがまぎらせてくれた。

「わたし、ブログを見つけてびっくりして。社長のご家族も、この子をカブと呼んでくださってたんですね」

母親が倒れたこと、父親から助けを求められ新潟へ帰ったこと、そういった経緯に嘘はない、とあゆちゃんは言った。

実家は経済的に苦しく、ペット不可のアパート棲まいで、カブの面倒は恋人に頼むしかなかった。だが彼は、遠距離恋愛などつづくわけがない、と別れ話を切りだし、あたらしい恋人が犬嫌いだからとすげなく去った。

「だから、追いつめられて、社長のご自宅に置いていくことを考えついたんです。迷い犬みたいに、リードをわざと汚して、ここで〈待て〉をさせたまま別れました」

社長としては有能であるらしい母に託せば、どうにかしてくれる。

彼女のその信頼は、はたして妥当なものか、娘のわたしは懐疑的にならざるを得ない。けれどもじっさいにカブは元気で、なに不自由なく暮らせている。

ではなぜ、いま、あゆちゃんは、軽自動車で関越《かんえつ》自動車道を飛ばし、東京へ乗りこみ、手放したはずのカブを抱きしめているのか。

驚いたことに、わが家の暮らしぶりを事前に調べていた彼女は、カブを玄関先へ置き去ったのちにも、こっそり動向を見守っていたのだった。いったんは警察へ向かったわたしたちがすぐにもどり、飼うための準備にとりかかるのを見届けて、ようやく帰郷した、と話す。

「でも、ブログで、カブが元気に遊んでる画像とか、きょうはどんなごはんを食べたとか、そういうのを見たら、自分はなんてひどいことをしたんだろう、って後悔しました」

実家からほどちかいところで農業を営む遠縁の老夫婦が、彼女のふさぎようを心配してわけを訊ね、カブを引きとろうと申しでてくれた。彼らには以前にも相談しているが、そのときは、老犬を看取ったばかりでつらいからほかをあたってくれと断られていた。

「カブを迎えにきました。身勝手なのはわかっています。でも、わたしにはこの子が必要なんです」

あゆちゃんは喉をつまらせながら訴えた。

つい一時間前には、カブがいなくなったと電話口でべそをかいていた母が、いまは落ちついた経営者然として、彼女を見つめている。

「ずいぶん都合のいい話ね」

母は、信じていいものかわからないわ、と冷たく突きはなした。

「あなたの犬は、確か、ラブ。背中に天使の羽根の模様がある血統書つきのジャックなんとかでしょう？　うちで預かっているその子は、かわいい雑種ですよ」

「それは……」

「あなたは嘘をついていたのよ。わたしにも、お客様にも」

母はあえてきつい態度をとっている。決意のほどを試すつもりだろう。

あゆちゃんは、ごめんなさい、となかば泣きながら頭をさげる。

「お客様に、軽い気持ちで見栄を張ってしまったら、もうあとに引けなくなったんです」

カブがわたしの犬です、これは嘘じゃありません、と言った。

マッサージの施術中に、飼っている犬の話になると、客たちはそろって、テレビに出てくる人気犬種と、国内の登録数がかぎられる希少犬種ばかりを挙げた。おしゃれなドッグカフェやサロン、多くの犬が集まるドッグランで、純血種にかこまれ気後れしていたこともあり、つい、ジャックラッセルテリアと答えてしまった。

だがカブを愛している。捨て犬だとか、雑種だとか、そんなことは、犬を愛する気持ちにまったく関係ない。なのに、そんな自分の気持ちを偽ってしまった。

「恥ずかしいです。なさけないです」

カブは前の飼い主に捨てられ、拾った彼からも見捨てられて、それをさらに、自分が置き去りにした。カブは何重にも捨てられた。

わたしはひどい人間です、と彼女は声をあげて泣きだした。腕のなかのカブに涙のしずくが落ちる。

するとカブは、うちに来てから初めて、「ワン！」とひと声、唐突に吠えた。

母がいささかひるんだ様子で、

「歩いていきましょう」と彼女をうながす。

「そこの駅の交番へ行って、飼い主として名乗りでてもらわないことには、カブは渡せません」

引越しの最中に逃げられたのよね？　母は、笑顔を浮かべる。

家族の前ではぐうたらで、子どもっぽく、オバケを本気で恐がっている。そんな母が、ときには悪役を買ってでる頼もしい大人であり、社会の先輩であったことに、わたしはあらためて気づかされた。

あゆちゃんは、犬の鑑札など、警察で本人確認してもらうための証拠品を取りに、カブを胸にしがみつかせたまま、車へもどった。

静かにことの推移を見守っていた若い男が、甘えたような声で母に言う。

「じゃ、電話する」

そして、わたしには中途半端に、はにかんだ目礼をくれただけで、自己紹介もせず立ち去った。

イマドキの二十代男子だなあ、と感慨ぶかく立ちつくすわたしを、母が、

「ごめん。あとでね」

ちゃんと話すから、と拝んだ。

あゆちゃんがカブを迷い犬に仕立てたのには理由があった。

ポスターなりチラシなり、この界隈に情報があふれれば、別れた恋人の目に触れ、思いなおすきっかけになるかと淡《あわ》い期待を抱いてのことだった。彼が転がりこんだ新恋人のマンションは、彼らの共通の知人によれば、うちとおなじ区内の白河《しらかわ》にある。

「ところが、あてがはずれてしまったってわけ」

夕飯の配膳をする母が言う。なんでこうなのかしらね。期待しちゃいけないとわかってる男に、やっぱり期待してしまう。

仕事を終え帰ると、母は、唯一の得意料理である五目ご飯を炊いて待っていた。なんだかおめでたい感じね、と苦笑するわたしに、めでたいわよ、と目くばせする。

「カブは愛しいあゆちゃんの故郷へ帰れたし。いろいろわかって、すっきりしたし」

すっきりしたのは間違いない。わたしが感じていた背後の足音や影の正体はあゆちゃんで、夜中に家の前で出くわした男は、デートのあとに母を送ってきた若い彼氏と判明した。

彼の年齢は二十七歳、横須賀の生まれでいまは都内にひとり暮らしをしている。これまでがんばって貯めた資金で、前に勤めていた店の先輩とともに、ちいさな美容院を開業したばかり。だが名前や店名、場所について、母は語らなかった。

「ママの担当は、彼の先輩の美容師さんのほうだったの。いまもそう。あなたぐらいの女の人。結婚してるけど、もしかしたら、彼女は、彼のことを好きかもしれない」

だからちょっと、と言葉をにごす。

それから母は、迷い犬になった彼の愛犬について話した。

嵐の夜に消えたその犬は、どんなに手を尽くしても見つからなかったのに、一年いじょうも経ったある日、家の近所で車にはねられたのだった。ちぎれた鎖をひきずり、自力で帰りつこうという直前だった。

瀕死の犬は、たまたま、かかりつけだった動物病院へ担ぎこまれていた。連絡を受けた彼が駆けつけ、名前を呼ぶと、くうん、と甘えた声で鳴き、弱々しく目を見開いて、息を引きとった。後日、三十キロも離れた土地で飼われ、これまで何度も脱走を試みていたことがわかった。

以来、彼は犬を飼えずにいる。

「この春でちょうど五年。でもね、そろそろ犬を飼いたいな、なんて言ってたのよ」

母は、からっぽのケージに目をやる。

犬嫌いだった母がカブに同情し、犬に慣れようと努力していたわけは、そんな彼のため。すべては、恋のためだった。

カブの短い逃走劇の原因は、雷と、四谷怪談ゆかりの黒船稲荷にあったのか。真実のほどはわからない。

雷が本格的に鳴りだしたのは十一時ごろ、そして、わたしが家へ着いたのは十二時二十分すぎといったところか。彼はすでに、カブの名を呼び、近所を探しまわっていた。初めからふたりと一匹で散歩に出たか、あるいは、ランチのために待ちあわせていたのか、いずれにせよ、わたしが関知すべきことではない。

「彼は若すぎる、ママもそれはわかってるの」と母はわたしを牽制した。

先のことは考えたくないし、若さゆえの性急さを恐れてもいる、と話す顔に、なぜか曇りはない。

「若いころはね、好きな人ができると、考えるのは先々のことばかり。ママだってそうだった。彼と結婚できるかしら、彼にはどんな朝ごはんを食べさせよう、と夢や計画で頭がいっぱいになる。なのに不思議よね、年をとるにつれて、将来のことなんてわからないわ、って思うようになる」

母は、途中から、目の前にいるのが娘だということを忘れてしまっているようだった。気の置けない女友だちと語らうかのように、ため息まじりに言った。

「いまのこの気持ちをいちばん大切にしたい。そしてその、いちばんと思える感情がつづいていけばいい。計画や、予定じゃなくてね」

母はふだん、素直な気持ちをあけっぴろげに口にするようなことはしない。茶化すか、煙に巻くかで、どちらかといえば斜にかまえた物言いをするから、歯に衣着せぬ祖母とは、いい勝負をくりひろげる。

それなのにきょうはなんだろう。別人のようだった。抱きしめてあげたくなる。

母の膝には、忘れられたぬいぐるみのクマがのっていた。もともと目鼻がないのに、きょうはとてもさみしげな表情に見える。あすには帰る祖母のために、もう一日、カブを引きとめておけたらよかった。

福島にいる祖母の携帯は、何度かけても通じない。わかっていて、出ないような気もする。

「留守電は入れてあるんだから。いいのよ」

母が、そのうち電話してくるでしょう、と座卓に置いたわたしの携帯へ目をやったとき、ユウジに設定してある着信音が鳴った。

にやにやする母にかまわず、応答すると、これから出てこれるか？　と弾んだ声が言う。場所を訊き、電話を切った。

母は、ふだんと変わらぬ少しおどけたような笑顔を見せて、
「早く行きなさい」
こちら向きの手の甲をひらひらさせ、まるで追いはらうようなしぐさをした。

『おおきなかぶ』の話では、家族が総出で力を合わせ、畑のカブを引っぱる。それに似て、ちいさなカブのために、まず祖母が、つぎに孫のわたしが動き、それからユウジや、近所の人たち、パトカーで街をまわってくれた警官、そして犬が苦手な母と、秘密にしていた恋人まで、つぎつぎに力を貸してくれた。

うちにはたったの三人しかいない。なのにまるで、ならんでおおきなカブを引っぱるように、近しい人びとや隣人が助けてくれる。ケージや引き綱をこころよく貸してくれたさぶとそのご主人にも、礼をしなくてはならない。

うちからほどちかい門前仲町《もんぜんなかちょう》の居酒屋で、ユウジと落ちあった。夜の打ちあわせが先方の都合でキャンセルになった、と彼は言った。

「それにほら、カブのこと、メールくれただろ。くわしいところを聞きたくってさ」
「幽霊の正体がわかったの。雷のおかげでいろいろなことも」
「なんだそれ？」

俺にもわかるように話してくれよ、とユウジは、生ビールのジョッキをがっちりにぎったまま、テーブルに身を乗りだした。

春の宵の帰り道、ほんの一キロばかりを送ってくれるというユウジと、ならんで歩いた。

夜に犬を散歩させる人は多い。このあたりはなぜか、雑種に行きあう確率が高いようだ。楽しげな犬と飼い主を、ユウジはうらやましそうに眺める。

「俺も犬を飼おうかな」

「あ、うれしい、わたしにも触らせて。散歩とか、ときどきかわってあげる。犬は買う？　それか、愛護センターから引きとる？」

とりあえず、つぎの休みにペットショップをひやかしに行こう、とはしゃぐわたしに、ユウジは困ったように言った。

「いや、そうじゃなくて」

「え？　違うの」

「ほら、いまの俺の小汚いマンションじゃ、生きものの面倒まで見れないだろ」

「うんうん。まずはひろい部屋に引越して、犬を探すのはそれからね」

わたしは、隙あらば手をつないでやろうと近づく。けれども今夜のユウジは、やけに早歩きで、こちらは歩調を合わせるのがせいいっぱいだった。

もっとゆっくり歩いてよ、とたまらず声をかけると、はたと立ちどまり、閉まっている金物屋のシャッターをじっと見つめた。

「引越しも、確かに、したいんだが」

ユウジの口調は唐突に硬くなる。

「要するに、いずれ新生活をスタートさせるにあたって、そのときに、犬がいっしょならいいんじゃないか、と、そういうことです」

かなり緊張しているらしい。はい、とわたしが返事をすると、ようやく肩の力を抜いた。

「俺、歩くの速かったか？　ごめん」

「謝るほどじゃなかったと思う」

「カブの話じゃないけど、大事なものはしっかりつかまえておかないとな」

「犬に首輪。猫に鈴」

ちょっと違うぞ、とユウジは笑う。

「だから、つぎの休みは、あれ買いにいこう」

「あれ？」

「ほら、光る石。婚約してるのがひと目でわかるんだ」

照れくさそうなユウジがわたしの左手を取り、初めて彼のほうからつないだ。

赤と青

メールの打ちかたを教えて、と祖母が言う。

「アタシにだって、やればできるさ」

お昼のそうめんを食べ終え、水滴がびっしりついたガラスの器や、やはりすずしげなガラス製の薬味皿などを盆にのせ、流しへ運ぶ。

「親指でチキチキチキッと、外でもカッコよく決めてみたいねえ」

祖母は、食器洗いをわたしにまかせ、午前に煮出し、粗熱《あらねつ》をとるためヤカンごと置きっぱなしの麦茶を、氷の入ったふたつのグラスにそそいだ。

丸いおおきなヤカンにたっぷりの残りは、ボトル二本に移し冷蔵庫へ収めた。毎晩おそくまで働く母が、玄関から冷蔵庫に直行し、でかいグラスにたっぷり三杯は飲むため、三人きりの家族でも、毎日の準備が欠かせない。

年相応に少しだけ耳の遠い祖母は、洗いものの水音のなかでは、相手の話し声を聞きとることができなかった。

わたしは水道を止めてようやく、でもおばあちゃん、と訊ねる。

「いつもメールで、友だちと待ちあわせの時間とか確認してるでしょ」

するとと祖母は、「あんたみたいに若けりゃいいけど」と三十路に突入したわたしを見た。

「こっちはそろそろ八十の声を聞こうかっていう老体だよ。読むだけでせいいっぱい。読めるだけ立派ってもんさ」

「老体なんて、ホントは思ってないくせに」

「言うのは勝手だろ?」

「ほら、やっぱり」

受信したメールを読むにはどうすればいいか、やりかたを祖母に教えたのは、旅や観劇に出かける仲良しグループのひとりで、祖母と抜けがけして食事に行くこともある宗助さんだった。おそらく、待ちあわせの前に確認メールを送ってくるのも彼だろう。

「おばあちゃんって、いままでいっぺんも自分から送信したことないの?」

「用があるなら電話が早い」

「返信って、してみたいと思わなかった?」

「だからこれからそれを試そうっていうんだよ」

すっきりと青い夏空が美しい土曜に、ふたりで留守番をしていた。

すずらん形の江戸風鈴がすずやかに、ちりん、ちりちりん、と軒で鳴る。築四十年いじょうになる木造の古屋を、東京湾から吹く海風が通りぬけていく。

もうひとりの家族であるわたしの母は、経営するフットマッサージ店に出勤している。みずから多くの指名客を抱えているため、ろくに休みをとらない。「趣味がない」と言いきる。さいきんは、愛犬家をあてこみ、犬と飼い主がいっしょにマッサージを受けられる新店舗の準備に奔走していた。

まるでマグロだ、と祖母は笑う。

それを言うなら働き蜂《ばち》ではないのかとわたしが訊けば、マグロは止まったら息ができなくて死んじまうだろ、と答えた。回遊魚は、海水をエラに通しながら呼吸する。泳ぎつづけることが、生きることになる。

マグロ、もしくは働き蜂は、わたしの身近にもうひとりいた。

五月に結納を交わした婚約者のユウジは、男子校時代からの悪友らとひさびさに集い、〈男だらけのはじめてのサーフィン大会〉と銘うち、早朝四時出発で九十九里《くじゆうくり》浜へ小旅行に出かけている。インストラクターに指導をあおぎ、たった一日で波に乗ってみせるとはりきっていた。民宿に一泊し、あすはビジネスのヒントを得るため漁港を見学して帰るつもりらしいが、きっと、ひどい筋肉痛で起きあがるのもつらいことだろう。

　ユウジは、バナー広告の契約を斡旋したり、ネットショップの運営を一からサポートしたりするちいさな会社を、友人と共同で営《いとな》んでいる。

　母といい、ユウジといい、旗をふり先頭を走っていくタイプの人間が、わたしにはまぶしい。

　できるなら、わたしは仲間から半歩おくれて、全体を眺めて歩きたい。

　テレビの戦隊ものならまちがっても〈赤〉の役は務まらない。〈青〉の、ふだんはちっとも熱くないのにここぞというときばっちり頼りになる、あの、気負わない骨っぽさがいい。

　祖母も、まんなかに立ちたがる性格ではなかった。

　嫁の立場なんて考えたこともないわたしの母が、さあ進め、とばかり勇んで突っ走るのを笑って眺めている。でも実は、おなじ速さでうしろを行き、母が疲れてふりかえれば、ちゃんとそこにいてくれる。

「なんだい？　にやにやして」

　自分の携帯電話を持ってきた祖母が、座卓に肘をついて待つわたしに言った。

すずらんの花に似る風鈴が、花びらのふちのフリルになかの管があたるたび、ちりちりと鳴る。

「うん、子どもたちと江戸風鈴の工房に行ったのを思いだした」

わたしが勤める児童館では、子どもたちが社会と触れあえるさまざまな行事を企画していた。地域の名人に講師をお願いする囲碁・将棋の日、卓球の日に、踊りの日というものもある。町工場の見学、料理教室、図書館の使いかたを実地で学び、冬の凧あげや夏の線香花火など季節の遊びを楽しむ。

もっとも忙しい時期を目前にひかえた六月に、親方の好意で、工房の見学がかなった。絵つけをする体験学習では、話を聞かず勝手に描きはじめてしまう子と、じっくり考えなかなか描こうとしない子がいた。

「どっちがいいとか決められないな、って感じたっけ」

「気持ちのままに行動する子と、いったん見まわして状況を判断する子だね」

「そう。まずやってみよう、っていうタイプの子の絵は、失敗も目だつけど、きらきらして勢いがよかった。考えて動く子は遅れがちだけど、ていねいで繊細な、味のある絵を描いた」

「両方いるからいいのさ」

どちらの個性も社会には必要だと祖母は言った。

昼さがりに、いよいよ陽射しはつよまり、縁側のすだれが気持ちよい日陰を作る。

「さて」と祖母が、宗助さんに選んでもらった、きれいなスカイブルーの携帯電話を開いた。機能を限定した高齢者むけのモデルではない。

ちょっとした身辺雑記や、たあいもないできごとを報告するメールに返事をしたいとき、祖母はどうしてきたのか。わたしの疑問に、そりゃあとうぜん、と祖母は答えた。

「旧式な通信方法さ」

「のろしをあげるとか、飛脚とか？」

「そんなとこだね」

はがきと手紙は、近場なら、翌日に着く。数十円しかかからない。それにさ、と祖母は目を細める。

「ちょっとうれしいじゃないか。郵便受けに入ってるのを見つけたとき」

宝探しみたい。でもそうはいっても、あたらしいやりかたが社会にひろがっているなら、いちおう知っておきたいものだとすまして言った。

それからわたしたちは、グラスの氷が融け、せっかくの麦茶が薄まり、なまぬるくなるのも忘れて、メールを打つ練習をした。

祖母は、昭和ひとケタ生まれとはいえ、呑みこみがよく、もともとカンが冴えているから、こちらの指示をたちどころに理解し、そのとおりにやろうとする。けれども緊張からか、あるいは慣れぬためか、ただボタンを押すだけのことに手間どる。

はいわかった、と言ってから、じっさいに指先が動きだすまでに、少し時間が必要だった。そうして動かした指が、ようやくボタンの上へ置かれても、すぐには思いどおりにならない。押す回数が多すぎて、目あての文字を通りすぎてしまったり、隣のボタンを押してしまったりする。

はあ、と祖母が、ため息をつく。

「疲れた。目がちかちかする」

「休もうか」

「少しだけだよ」

「はいはい」

ちりん、ちりりちりん、と風鈴が鳴る。

わが家にもクーラーはある。わたしと母の部屋では、夏を乗りきるのに欠かせない大切なお友だちだが、祖母は好まず、よほどの酷暑か、自分がバテないかぎり、使おうとしなかった。

赤い金魚のうちわで、けだるげに首をあおぐ祖母が言う。

「電話を持ち歩くようになるなんて、若いころには考えもつかなかったけどねえ」

そして重ねて、黒電話を知っているかとわたしに訊ねた。

「それぐらい知ってるよ、おばあちゃん。時代設定が昭和のドラマとかに出てくるもん」

「おやそうかい」

「ふるい映画を観てるとね、いらいらするときがあるの。携帯に電話すればわかることなのに、って。まだ携帯がなかったんだ、って気づくのは、五秒ぐらいたってから」

「アタシもだよ。まあ、二秒で気づくけどね」

祖母は笑って、いまあるものはずっとむかしからあったかのように勘ちがいしがちだと言った。

あたりまえにそこにあるもののありがたみは、なくしたときにわかる。でもできるなら、その前に、気づいておきたい。とても自分に近く、必要不可欠なものほど、空気のように、ふだんは意識されない。だからつい、感謝の気持ちを忘れてしまう。

ユウジが結婚しようと言ってくれたときには、大好きな人とふたりきりで暮らせるなんてと舞いあがり、うれしさしか感じなかった。結納を交わしたときにようやく、いまのわたしを形作るこの家庭から、ひとり外へ飛びだしていく実感がわいてきた。

わたしの顔を、祖母が怪訝そうにのぞきこむ。

「なんだい？　辛気くさい顔して」

「なんでもない」

「ああどうにかならないかねえ。このちいさいボタン！　アタシが自分でやるより、あんたに代わりにやってもらったら早いんだろうけど」

祖母は携帯電話とともに、ぶあつい使用説明書を持ってきていた。メモらしき紙がはさんである。まずは助けを借りずに、説明書と首っぴきで奮闘してみたのだろうか。

「おばあちゃん、もしかして急ぎのメールがあるなら、まずそれをわたしが代わりに打っちゃおっか」

練習は、そのあとでゆっくり、あせらずやればいい。宗助さんへのラブメールということなら、手出しはしないがと、助けるつもりで、わたしが言うと、

「そんなこと言ったたってさ」と祖母は、座卓の上に置いた使用説明書へ目を落とし

た。

もしかすると、そこに挟んである紙は、メールの下書きかもしれない。

ふざけてその紙に手を出すと、祖母はちいさく「こらっ」と叱ったが、すでにわたしがうばいとった紙を無理にとりもどそうとはしなかった。

「しようがない子だね」

やるせないといった様子で、肩を落とす。

ふたつに折りたたんだ紙は、白地に薄い罫《けい》があるだけのシンプルな便箋《びんせん》だった。文面は、たった二行。

〈お困りとはぞんじあげませんでしたが、もしもそれが本当でしたら、おわび申しあげます。ごめんください。〉

「おばあちゃんゴメン」

わたしは自分のあさはかさを悔いた。こんな文面を孫に見られて、うれしいわけがない。

「ゴメンね、こういう深刻なことだと思わなくって」

「いいさ」

「でもこれ、なにに謝ってるの?」

祖母にかぎって、他人様に迷惑をかけたり、クレームをくらうような行動をとるわけがない。さばさばきっぱりしているから、逆恨みや、いわれのない非難を浴びることはあろうが。

「ねえおばあちゃん、なにごとがあったの?」

わたしに話せることなら教えてほしい、と頼めば、祖母は、

「あんたにとっちゃ、もう乗りかかった船だろうからね」

話しましょう、と居ずまいを正した。

〈夫を苦しめないでください。〉

〈夫はやさしくて断れないだけです。〉

〈夫は困っています。つきまとうのはやめてください。〉

祖母が受信したメールは、激しい言葉を使っているわけではないのに、こちらの心を重苦しくする。

「アタシはてっきり、まちがって送信してきたと思ってね。相手は名乗ってくれないし。一通めのときは、ちっとも気にしていなかった」

数字とアルファベットを組みあわせた祖母のアドレスは、確かにとても単純なもの

だった。

携帯電話会社が自動的に割りふるお仕着せのアドレスを、宗助さんに手伝ってもらい、生年月日と下の名を組みあわせたものに変更した。ありふれているから、数字やアルファベットがたったひと文字ちがうだけの、別人のアドレスが存在してもおかしくない。

二通めになってようやく、祖母は、これが自分に宛てられたメールにちがいないと感じたのだった。

「〈断れないだけ〉というのにピンときたんだよ」

歌舞伎座の公演をいっしょに観ましょうねと楽しみにしていた友人のウメちゃんが、田舎の親戚に不幸があり行けなくなった。せっかくのチケットを無駄にしたくないからと、彼女は自分の分を祖母に渡し、宗助さんでも誘ってお行きなさいよ、と言ってくれた。

「その晩、二通めのメールが届いたってわけさ」

わたしもそのときのことは憶えている。祖母は、運よく予定があいていた宗助さんと、絹の光沢もすずやかな青磁色の夏大島《なつおおしま》に、手描き友禅《ゆうぜん》で一輪ユリを描いた絽《ろ》の帯を締め、いそいそ出かけたものだった。

「おばあちゃんに心あたりはある？　このメールの差出人」

問えば、祖母は静かにかぶりをふる。

相手の電話番号や住所はおろか、名前すらわからず、アドレスがただひとつの手がかりだった。応答するにはメールを打つしか術がなかったわけだ。

〈夫〉とは、宗助さんを指すのだろうか。

宗助さんの奥さんはもうこの世にいないから、誰かほかの女性、たとえば、仲間うちにいる恋敵とか、交際は終わっても交流をつづける前カノが、祖母に嫉妬してメールをよこしたとも考えられる。

「なんとなく訊かずにいたけど、宗助さんって、奥さんを亡くしてからずっとひとり？」

遠まわしに確かめれば、祖母は、お前さんの浅知恵なんぞ承知のうえさと言わんばかりに、「ふたり」と平然と答える。

「孫娘と暮らしているよ。もともと娘夫婦と同居していて、十年前まで五人家族だった。ところが娘と婿《むこ》を交通事故でいっぺんに亡くしちまってね、まだ小学六年生だった孫を、奥さんと育てることになった。その奥さんも、七年前に腎臓をやられて。以来、ふたりっきりの家族さ」

「そっか。気の毒だけど、孫娘が、なんか怪しいなあ」

だがまだ〈夫〉が宗助さんと決まったわけではない。

「仮に〈男性Aさん〉とするわね」

「ABじゃダメかい？　海老サマ。アタシも海老サマも血液型はABでいっしょなんだよ」

「わかったわよ。じゃあ、その〈男性AB〉とおばあちゃんの仲を裂こうとしてる人が、仲間うちの誰かである可能性は？」

祖母のアドレスを知るのは、いつもの仲間のみ。送信者は、そのなかの誰かの携帯をのぞき見たか、あるいは、友人本人と思われる。だが祖母は、のんきに笑ってみせた。

「それぐらい色気があるんなら、めでたいことだしねえ」

刺されでもしたらどうするつもりかとわたしが言うと、

「痴情のもつれ、ってヤツかい？」

そりゃあ困る、と急に真剣な表情をして、

「まだ殺されてやるわけにいかないね」

あんたの花嫁姿を見ないうちはぜったいに死ねない、となぜか、そっぽを向いた。

ちりちりん、とすずらんの江戸風鈴が鳴る。

なんだか気恥ずかしくて、わたしはつい、強引に、

「ちょっと携帯、借りるね」

メールは見ないから、と座卓に置かれていたスカイブルーの携帯電話を手にとった。

「登録してあるのは、いつもの仲間のぶんだけ?」

「そうだけど、メールをする人はかぎられてるからねえ」

どことなく歯切れのわるい祖母の隣に座って、肩をぴたっとくっつけあい、アドレス帳を順に見ていった。

「ええとまず、チケットをくれたウメさんは除外。あ、でも電話番号しか登録してない。ウメさんはメールしないんだ?」

「もともとそういうのがないんだよ。数字のボタンのおおきいのがあるだろ」

「通話専用の機種ね」

なるほどと思いつつ、つぎに移る。

「エミコさんは、やっぱり電話番号だけかあ。ウメさんのことは、おばあちゃんからよく聞くけど、このエミコさんって人、仲良し? 宗助さんを好きだったりとかしな

い？」

「あんた、エミコさんは夫婦いっしょだよ、いっつもべったりさ」

祖母は、エミコさんにつづけて登録されている遠藤《えんどう》さんという男性が夫だと言った。見れば、夫婦そろって、メールアドレスがない。

「じゃあ、つぎ。カヨさん、って、なんか聞きおぼえがある気がする」

首をひねると、祖母は、

「このあいだダンナさんが手術して、それからまいにち顔を見に病院へ通ってるよ。そろそろ退院のめどがついたけどね。先週、お見舞いに行ったばかりさ」

「花月《かげつ》のかりんとう、湯島《ゆしま》の。思いだした！　あれ、すっごくおいしかったあ。お見舞いの帰りに、カヨさんがうちに寄ってくれたんだっけ」

「あんたはまた、手みやげなら憶えてるんだ」

そろそろ気がすんだろう、とわたしの顔色をうかがうようにした。でも、メールを送信しそうな友人は見つかっていない。まだまだやりますよ、とばかりに、わたしはつぎのメモリを見る。

「倉本《くらもと》さんは、男性。メアドなし。もしかして、この人も、もともと通話専用の携帯なの？」

祖母がうなずく。

驚いたことに、つぎの人も、またそのつぎも、メールアドレスを持っていなかった。なんだかおかしい。もしや、メールを使えるのは宗助さんひとり、なんていうことはないだろうか。

「おばあちゃん、メールする人って、仲間うちに何人いる?」

わたしは、よほど疑わしい目で祖母を見つめたらしい。もじもじ挙動不審にしていた祖母が、ちょっと怒ったように言った。

「だいたい、みんなおそろいの電話なんだよ。つぎつぎまねて」

「そういうことはちゃんと教えてよ」

「言ったじゃないか、いま」

そういえば祖母は、なかなか携帯電話を持とうとせず、仲間のなかでさいごのひとりになってようやく、宗助さんに誘われ買いにいったのだった。

「ということは、おばあちゃんと宗助さんだけが、メールのできる携帯なのね?」

祖母はほのかに頰を染め、黙る。

仲間うちで電話のやりとりはするが、メールにかぎっては宗助さんとふたりきりの連絡ツールだなどと、恥ずかしくて言えなかったのだろう。でもそのくせ、やっぱりデジタル機器が好きではないから、せっかく宗助さんから送られてくるメールでも、返信をせずに、電話か郵便で応答していた。

その、相手に合わせても自分を失わない姿勢、しなやかな頑固さが、いかにも祖母らしい。

わたしは携帯を祖母に返し、「検証おわり」となるべく明るい声を出す。

「〈男性ＡＢ〉に該当するのは、やっぱり宗助さん。だって、おばあちゃんにメールをくれた唯一の人でしょ。そうなるとあらためて、宗助さんの孫娘が怪しい」

「人を疑うって、嫌だねえ」

「嫌だけど、たとえ家族でも、携帯をのぞくのはよくない」

「それだけ心配してるってことじゃないか」

「わたしだって、孫として、おばあちゃんを心配してる。でも勝手に携帯いじったりしないもん」

「アタシがしっかりしてるからだろ」

「ううん、信用してるから」

「信じていても、落ちつかないし、間違っているとわかってて、やっちまうことだってあるんだよ」

「身に憶えがある？」

「さあね」

昼さがりの暑さを忘れ、沈黙したところへ、わたしがテレビドラマを通してしか聞いたことのない黒電話のベルに似せた着信音が、じりじりじりりん、と鳴りひびいて、すぐにやんだ。

誰から？　と訊けば、祖母は、着信音はぜんぶこれ、と顔色ひとつ変えずにメールを読み、わたしの鼻先へ画面をかざす。

たった一行の文章は、まるで、空からこの家のなかを透かし見ているようで、祖母とふたり、目を見あわせた。

「おばあちゃんはこれからどうするつもりだったの？」

「しばらく、ふたりきりで会うのはよしておこうと思うのさ」

メールのことを宗助さんには言わずにおくのかと問えば、あんたなら言うかい？　とほほ笑んだ。

わたしにも解決方法を考えさせてほしい、と頼んでみた。夕飯までの条件だよ、と祖母がうなずく。

〈天国から見ています。〉

わたしたちの謀議を邪魔するかのように届けられたメールは、これまでとおなじアドレスから発信されていた。

相手は幽霊か、それとも代理の人間か。

天国とメールをやりとりするサービスが開始されれば、きっと、過去の埋もれた歴史があきらかになる。戦争や犯罪、事故などで非業の死を遂げた人が、みなさん聞いてくださいほんとうはこうだったんですよ、と驚くような事実を訴えかけてくることだろう。

自分の部屋へ行き、冷房をきかせ、うまい解決策はないかと頭を抱えた。

素直に考えて、メールの差出人は、宗助さんのたったひとりの家族である孫娘の可能性が高い。

祖母によると、彼女は都内の大学に通う四年生だった。巣立っていい年頃だが、つらい喪失に見舞われてきた生いたちを考えると、さしでがましいことは言えない気がする。

これといった案が浮かばぬまま、意味もなく携帯電話の使用説明書をめくったり、ベッドへ寝ころんでみたり、音楽を聴いたりした。気分を変えるためアイスクリームを取りに台所へ行くと、常磐津を口ずさむ祖母が、素揚げしたナスを煮ふくめる鍋から顔をあげ、黙ってこちらにウインクした。

まだまだ陽は高いというのに、時計だけが夕刻を指すころ、波に乗ってみせると息まいていたはずのユウジから、〈完敗〉と題した写メが届いた。

砂浜に置いたサーフボードを前に、肌の焼けた悪友たちと海パン姿のままずらりと横にならんで、まるで企業の不祥事をわびる会見のように頭をさげている。そえられたメッセージはきっぱり、

〈納期に間にあいませんでした〉

波に勝てなかったらしい。ゆうべ会ったときは、世間の荒波を乗りこえるのといっしょだから、かならず夕方までに勝ってみせると言ったのだった。

直後に電話が鳴り、小学生みたいに元気な声で、

「これから打ちあげ!」

と報告するユウジの勢いに圧倒された。離れていても、そのいきいきした様子から、どれだけ笑ったか、想像がつく。

「おい、聞こえてるか? もしもーし」

「もしもし。聞こえてるよ」

「なんか電話、遠くないか？　気のせいか。いやあ、こんなに大変だと知ってたら、一日で乗るとか言わなかったんだけどな。いちおうボードに立つまでならできたんだ。でもお世辞にも〈波乗り〉って感じにはならないんだよな、これが」

「楽しかった？」

「ああ、楽しかった。俺も泳ぎなら、サーファーなんかに負けない自信があるんだけどなあ。遠泳で勝負とかさ、素もぐりとか」

ハイテンションなユウジは、サーフィンをあなどってはいけない、ようやく立っても、生まれたての子馬みたいになってすぐに落ちる、などとはしゃいで一方的に話す。それを聞くうち、涙が出そうになった。

離れた場所で友だちとわいわい遊ぶユウジの姿を想像すると、天国から見ている、というあのメールが頭に浮かび、切なかった。

こうして電話していながら、まるで、自分には、見守ることしかできないように思えた。もしわたしが先に死んだら、早くたちなおって、あなたのことをいちばんに考えてくれる女性を見つけてほしい、と言いたくなる。

天国に行ってからでは遅い。そこではまず間違いなく、携帯の電波は、圏外だ。

「俺ばっかりしゃべってゴメンな。じゃあ、またあした。おばあちゃん宛てに、ぴっちぴちの魚をクール便で送るから」

「うん」

「どうした、声、ヘンだぞ」

クーラーをきかせすぎて風邪でもひいたかと、電話の向こうのユウジは心配そうな声を出す。

「ううん、ありがとう。魚、楽しみにしてる」

「おばあちゃんによろしくな」

「うん、ついでにママにも言っとく」

いまあるものはずっとむかしからあったかのように勘ちがいしがちだ、という祖母の言葉を思いだす。では、いまあるものは、これから先もずっとあるだろうか。

わたしが結婚して家を出れば、祖母と母のふたりきりになる。

変わることを恐れてはいけない。変わっていくことによって、つづくものもある。わかっているのに、不安だった。

結局、夕飯どきになっても名案は浮かばず、祖母もわたしも、相手を刺激せず様子を見るべきでは、と意見が一致した。送られてきたメールを無視していない証拠として、簡潔に、返信メールを送ってみることにする。

仲間が集う観劇や旅行などには、これまでと変わらず参加したほうが自然でいい。だが宗助さんとふたりきりで出かけることは避け、メールをもらったときに返信がわりに出していたはがきや手紙も、しばらくひかえる。

祖母が、蚊取り線香に火をつけながら言う。

「そういえば、孫娘は、卒業したらオーストラリアに留学したいと言ってるらしいよ」

「ちょっと、なにそれ。もう決まったの?」

「さあねえ。来年の話だし」

あくまで祖母は、平静でいる。わたしにはそれも気に入らなかった。

「冗談じゃないわよ、そんなのってアリ?」

もしわたしなら、宗助さんをひとりきりで置いていくより、誰か親しい人、贅沢を言うなら特別な関係にある女性に、託していきたい。

「だって、そのほうが安心でしょう? どうして、宗助さんがさみしいんじゃないかとか、なにかあったらとか、考えないの?」

人を縛りつけて自分だけやりたいようにやるなんて、と気色ばむわたしを、祖母が、まぶしげに見ていた。

白地に藍のトンボ柄がすずしい浴衣で、すっと立ち、

「離れているあいだに、自分の帰る家がなくなるんじゃないか、って恐れているのかもねえ」

台所へ行くと、だだちゃ豆の茹《ゆ》でたてがこんもり盛られた鉢を持ってきて、

「なにはともあれ、枝豆とビール」

メールの返信はそのあとに、と、浴衣の袖にかけてあった薄紫のたすきを、しゅっ、と解いた。

〈今後は、ご心配にはおよびません。でもできましたら、いつか、メールではなく、じかに会って、お話しさせてください。〉

わたしが文面を考え、祖母が自分の手で打つと言いはった返信を送ってから、ひと月が過ぎた。

母には秘密にしてある。仲間はずれにしたいのではない。新店舗の準備がいよいよ本格的に始まり、まったく休みを取らず走りつづけているところへ、気がかりを持ちこみたくなかった。

事情を知れば、母は、「ママが宗助さんに直談判してあげる！」と、いきなり飛び

だしていきかねない。

戦隊ものの〈赤〉気質である母は、大好きな祖母のためなら、あとさき考えず無茶をしでかすことだろう。その結果、祖母は迷惑し、わたしが尻拭いに走りまわる羽目になる。

陽が照る前に、と祖母は、朝から近くの寺へ行き、わたしは朝食を整えていた。このあたりの墓参りは七月の盆と相場が決まっている。けれどもせっかく全国的にお盆休みになるのだからと、八月の旧盆にも、祖母は祖父のお墓をきれいにして花を供《そな》える。

ふだんのお寝坊さんはどこへやら、いそいそ出かけた祖母が、ちょうど味噌汁ができたころにもどり、あたりをはばかるひそひそ声で、

「ママはまだ寝てんのかい？」

飯茶碗や箸をならべるわたしの耳もとで訊いた。

うなずいてみせると、これを、と携帯電話をさしだす。画面には届いたばかりのメールが表示されている。

〈前のメールは撤回します。どうか、以前のように会ってあげてください。〉

ふたりして、顔を見あわせ、それから、アドレスがひと月前の送信者とおなじであ

ることを確かめた。

祖母によれば、仲間の集まりにはいろいろテーマがあって、それぞれ好きに参加しているが、そのいずれにも、宗助さんがいっさい顔を見せなくなっている、とのことだった。心配した友人が家を訪ねると、体調がわるいわけでも会いたくないのでもなく、写真のコンテストに応募するため撮影にはげんでいるだけだ、と答えた。

「アタシはちょっと疑ってるんだけどねえ。コンテストに応募だなんてさ、いかにも、それらしいじゃないか」

天国から見ている、と警告するあのメールが届いて以降、ぱったり、宗助さんからのメールが途絶えた、と祖母は、あいかわらずひそめた声で言う。

「そりゃあ、若い人みたいに頻繁にメールや電話なんてことはもともとなかったけど。でも家に閉じこもってしまったのは、やっぱり、誰がなにをしたか気づいたからじゃないのかねえ」

そしてひと月あまり経たいま、どういう風の吹きまわしか、〈会ってあげてください〉と、名なしの送信者は態度を変えた。

「おばあちゃん、どうせならその孫娘って人を呼びだしてみたら？」

「気おくれするよ。それに、宗助さんをさしおいて、なにを話せって言うんだい？」

祖母は、わたしの勧めに応じず、逃げるように台所へ行った。あんなに動揺する祖母を、かつて見たことがあったろうか。

母が起きだしたようで、奥にある洗面所やトイレがバタン、ガタン、とそうぞうしくなってきた。

わたしは、台所の流し台にもたれている祖母のもとへ行き、隣にならんで、自分の携帯電話に短いメールを打ってみせる。

〈よかったら、会って話しませんか。本人ではなく、孫ですけど。〉

相手のアドレスは、ひと月前にすでに登録してあった。

祖母はなにも言わない。

母の甘えた声が、廊下の先から、ねえママにこげ茶のストッキング貸してぇ、とわたしを呼んでいる。

「送るよ、おばあちゃん」

いざ、孫どうし、会談といきましょう。メール送信のボタンを押した。もし万にひとつ、相手が本当に死んだ奥さんなら、幽霊と話しあうまでだ。

ときには、戦隊ものきってのクール派〈青〉の守備範囲を飛びだし、向こうみずな斬りこみ隊長〈赤〉のまねをしてみるのもいい。

かわいい人だった。そして やはり、天国に暮らす奥さんの幽霊などではなかった。

初めて会う宗助さんの孫娘は、待ちあわせより二十分も早く着いたわたしの、さらに先に、飯田橋《いいだばし》のカナルカフェで、目じるしに決めた白いコピー用紙をテーブルへ置き、ボートを眺めながら待っていた。

声をかけると、弾《はじ》かれたように椅子から立つ。ぎこちないあいさつをしながら、サークル活動に使っているという名刺をくれた。わたしも、ふだんあまり渡す機会のない名刺を交換する。

名は体をあらわす、という説はすこぶる怪しいにしても、少なくとも目の前にいる彼女は、桃子《ももこ》という名のとおりみずみずしい。

「桃子さん、っていい名前ですね。これはどなたがつけてくださったの?」

「祖父です」

答える彼女は、あきらかにおびえていた。こちらを遠慮がちに見て、おずおずと訊ねる。

「あの、怒ってますか?」

「いいえ。だからこうして、会うことになったわけでしょう」

年かさにもの言わせ、ずけずけ話を進めた。

年を取るにつれ肩の力が抜け、他人に対して構えなくてすむようになる、と聞かされてはいたが、たとえばこんな場面でのことかと、頭のすみに母の笑顔が浮かぶ。

いったんは別れるよう仕向けておきながら、たったひと月で、また会ってくれと正反対のメールを送った理由は、宗助さんのからだをおもんぱかってのことと桃子さんは話した。仲間と出かけるのを楽しみにしていた宗助さんが、突然ひきこもるようになり、食事も進まず、ほとんど笑わなくなった。自分のしたことがこんな結果を招くとは思わなかった。

「勝手に携帯をのぞくのがよくないってことはわかってます」

なにもそう緊張しなくても、と言いたくなるほど肩をせばめ、でも強情そうに話す。

「死んだ祖母を、変わらずに愛している祖父が好きでした」

自分は、天国にいる祖母になりかわってメールを打ったつもりだった、死んでしまった人間はしゃべれないから、代理で伝えた、としっかりした言葉でつづけた。

お堀をわたる風が、彼女の上等そうなシフォンのブラウスをさわさわと揺らしている。名にふさわしく、淡い桃色だった。

大悪人になった気分で、彼女に訊ねてみる。

「おじいさまの気持ちは考えてみた？」

「祖母の望むことは、祖父にとってもいいことのはずです」

それに、と必死な様子で訴える。

「祖父は、桃子がしあわせでいてくれたらうれしい、っていつも言ってます」

「そうね。それはそのとおりだと思う。初対面だけど、あなたがほんとうにだいじに育てられてきたことは見てわかる」

だが彼女のしたことは、宗助さんを苦しめた。また、そんなそぶりは毛ほども見せないが、わたしの祖母もそうとうに傷ついただろう。

「じゃあ桃子さん、あなたも、おじいさまの選ぶしあわせを、自分のしあわせと思えるわよね？」

「ええ思います。とうぜんです」

「だから、わたしの祖母にまたメールをくれたんですものね。会ってもいい、って」

「それは……そうなんですけど」

言葉をにごした彼女は、うつむき、ややあって、赤い顔をあげると、

「混乱させないでください」

わかりました、正直に言います、と目を閉じた。

彼女が恐れたのは、帰る場所をなくすことだった。わたしがすでに祖母から聞きおよんでいた生いたちを語り、なに不自由なく育ててくれた宗助さんへの感謝を口にした。

「わたしには祖父しかいません」

たったひとりの家族を奪われたらひとりぼっちになってしまう。穏やかで心地よい家庭に、波風を立ててほしくない。それでなくとも、自分は、小さなころからたいせつな人との別れを経験してきた。彼女は、まっすぐわたしの目を見る。

「失うのはこりごりです」

耳をかたむける以外に、わたしになにができたろう。

ひとりで会いに来てよかった、と心から思った。祖母がこの場に居あわせないのは、実に、ありがたい。

家族が失われそうな不安を、わたしも少しは理解できる。父は、錦糸町のカラオケパブで働いていたアナスタシアと再婚してコロンビアへ行き、あたらしい家庭を持った。祖母のひとり息子と離婚してしまった母が、婚家に居つづけているのも、世間の常識からずれている。

たがいに忙しく働く父と母の、心まですれちがうようになり、外に恋人を作った父が家に帰らなくなった八年前、両親が離婚したら、わたしは母とともに家を出るしかないのだと思っていた。祖母と離れるのはつらい。とはいえ、母を放ってはおけない。どちらも選べないのに、と悩んだ。

いまある家庭が壊れそうな心細さは知っている。まして、わたしには婚約者ができた。結婚してあの家から独立すれば、血のつながらない元嫁姑関係にあるふたりが、家に残る。母にも恋人がいる。

時の流れを感じるとき、まわりの変化にばかり気を取られ、自分もまた変わっていくことを忘れがちになる。

まだ大学生の桃子さんに訪れる変化のほうが、晩年にさしかかった宗助さんよりおおきく、そして機会も多いはずだった。

「考えてみてほしいの」と、できるだけおだやかに、相手を責める調子にならないよう注意しつつ、訊ねてみた。

「あなたがしていることに、おじいさまは気づいてなかったかしら。こっそりメールを読んだりしていたわけでしょう?」

「あ」と彼女がちいさな声をもらす。「気づいて……いた、かも」

思いあたるふしがあるらしく、しばし宙を見つめた。けれども、みるみるうるんでいく目は、わたしをしっかとにらんでいた。

「それでもやっぱり、祖父には、ひとりの女性を愛しつづけていてほしい。きょうは、このことを言うために来ました」

もう邪魔はしない、だがそれは、ほかに術がないからにすぎず、けっして自分の望むところではない。彼女はそうきっぱり告げた。


「三角が基本なんだ。この食いやすそうな、とんがった形」

ユウジが家に来て、手みやげのスイカを、祖母とふたりして台所で切りわけ持ってくる。

「おい、そのまんなかのいちばん赤いヤツ、おばあちゃんのだからな」

軒のすだれを巻きあげ、早ばや蚊取り線香を焚いた縁側に座るわたしは、彼の後ろからあきれ顔して目くばせする祖母に、笑ってみせる。

桃子さんと別れ家に帰り、待ちうけていた祖母に、話すべきことのみ、話した。

今後は宗助さんの邪魔をしない、と桃子さんが約束したのは事実だが、孫どうしの会談はそれだけですんだのか、疑うも信じるも祖母の自由だった。

はたして祖母は、ご苦労だったね、と笑顔を見せた。そして間のいいことにユウジが、早く仕事を切りあげスイカを買っていく、と電話してきた。

休日を不定期にしか取れないユウジは、婚約してからというもの、ときどきこうして夕方に訪ねてくる。

ひとり暮らしの食卓では持てあます食べもの、たとえば、丸ごとのパイナップル、メロン、尾頭《おかしら》つきのタイにカツオなどをたずさえてきては、タイをさばくコツや、たたきを作るときのカツオの炙《あぶ》りかたを祖母に習うのだった。

わたしとならび縁側に座ったユウジは、いなせな兄ちゃんを気どって、Tシャツの袖を肩へまくりあげ、スイカにかぶりつく。あぐらをかくひざの上には、祖母に渡された成田屋《なりたや》の三升《みます》を染めた手ぬぐいがあった。

満足げなユウジは祖母に向かって、学生時代に気づいたことだがと話しはじめる。

「スイカの食いかたひとつにも、それぞれの家庭の味があるんですよね」

自宅通学をしていたゼミの友人宅を訪れる途中、駅前の八百屋で見かけたスイカが安くてうまそうだったので、手みやげに買い、彼の母親に渡した。しばらくすると、カットガラスのフルーツボウルに盛られた赤い果物がふるまわれた。ひと口大のキューブ状に切ってあるそれがなんであるかわからず、じっと観察し、種を取りのぞき切りわけたスイカとわかって仰天した。

「ひと玉五百円の庶民の食いものなんか持ってくるんじゃなかった、と冷や汗かきました。スイカの食べかたを知らない人間がいるんだなあ、と」

ところが友人は、なに食わぬ様子で、銀のフォークにひとつずつ刺しては、行儀よく口に運んでいる。訊けば、うちはいつもこうだけど、と平然とのたまった。

「こいつんち変わってんなあ、おもしろいと思って、そう言ったら、向こうは向こうで、カットフルーツなら普通にホテルやレストランで見るだろう、おもしろいのは君だ、ってニヤリと笑った」

ちりちりとすずらんの風鈴が鳴り、ようやく茜の夕陽がかたむく。

夕風に、祖母がおくれ毛を手で押さえ、訊ねる。

「その大学の友だちってのは、いまはどうしてるんだい？」

「相方です。共同経営というと聞こえがいいんですが、実は、ふたりの貯金を合わせても開業資金に足りなくて、そいつの実家から二割ほど借りました」

利益が出てまっさきに、利息を上乗せして返済したと聞くと、祖母はにっこり笑顔を浮かべた。

「そうこなくっちゃ」

それぞれの家庭で、異なる育ちかたをした人間が、ひょんなことから結びつき、ひとりではできない仕事を成しとげる。たがいを刺激し、補いあう。

相手の美点を吸収し、ちがったものの見方を学び、変わっていく。変わらなくていい部分は、さらに深まるだろう。

午後に会った桃子さんが、環境の変化を恐れていた気持ちもわかる。かならずしも、出会いが、いい結果につながるとはかぎらない。でも祖母と宗助さんの様子を見れば、おのずと、答えは出ている。

ユウジは、なぜ苦労が多いと知りながら起業を目指したか、と訊ねる祖母に答えて言った。

「いろいろな家庭や価値観があると知って、自分との落差を感じたっていうか、うらやましかったのが、いちばんかもしれません」

とはいえ、自分を育んでくれた家庭を否定するつもりはさらさらない。放任主義には感謝しているが、と照れくさそうなそぶりをした。

「だから、俺にとってのスイカはこれだ、っていうのは、やっぱりあるんです」

子どものころ、スイカは水を張った風呂で冷やし、食べるのは濡れ縁と決まっていた。種は庭へ飛ばした。近所のさまざまな年齢の子どもらと、飛距離を競った。ユウジは、とてもいい顔でそう話した。

よそで煮炊きする匂いが風にまぎれ、空の色はしだいに濃くなっていく。

そろそろ揚げだしでも作ろうかね、と祖母が立つ。あんたはここにおいで、とわたしを制し、浴衣にたすきをかけながら台所へ行った。

そのせっかくの気づかいがわからないユウジは、

「俺、揚げだし豆腐の作りかた教わってくる」

濡れ手ぬぐいで口と手をぬぐいながらあとを追う。

ひとり縁側に残されたわたしは、もうひときれ、スイカを手に、板前の父の口癖を思いだしていた。

食べものを粗末にしてはならない、と父は、娘のわたしにスイカ割りを禁じた。人が手塩にかけ育てた食材を、あんなに無残なめにあわせるものではないと言った。父のその信条は、ほかでもない、彼を育てた祖母の教えだった。

わたしが将来、子どもに恵まれることがあれば、おなじことをわが子に教えるのだろう。ユウジはおそらく、縁側に座って食べたんだぞ、と、いまと同様の話をする。

もしかしたら、これが〈家庭〉ではないのか。

家族の形が変わろうと、たとえ失われたとしても、親から教わったことは、からだが憶えている。それを守り、つぎの世代に伝えていくこと、形のないその行為も、きっと、〈家庭〉と呼んでさしつかえない。

〈家庭〉と聞いてまっさきに思いうかぶのは、台所に立つ祖母の姿だった。外で働く父と母に代わり、祖母がわたしを育ててくれた。

血のつながった人間がどんな場所に何人いるか、といった形式よりも、祖母と過ごしてきた時間と、この身に受けた愛情こそが、わたしにとって〈家庭〉と呼ぶにふさわしい。

ねえ桃子さん、あなたの胸のなかにある〈家庭〉も、そうやって息づいている。時とともに変わりながらつづいていく。

彼女にまた、メールを打とう。そして孫どうし、会って話そう。

わたしに答えるように、風鈴が、ちりちりんと鳴る。

台所から、祖母とユウジの楽しげな笑い声が聞こえてくる。

バニラ

あすは結婚式という日に、謎の宅配便が届いた。

伝票には、送り先として、わたしの名前がはっきり書かれている。送り主は女性だった。でもまったく心あたりがない。

しゃれた包装紙に包まれた箱は、とても軽かった。ためしにふってみる。耳にあて、なにか不審な音がしないか聞く。

もし爆弾だとしても、時限装置の時計がコチコチ鳴っているとはかぎらない。いまどきは、携帯電話を起爆装置につなぎ、着信をスイッチにして爆発する、という仕掛けがあるらしい。ところで、わたしに爆弾を送りつけて、なんの得があるだろう。

築四十年いじょうになる木造のわが家は、しんと静まりかえっている。

勤め先の児童館を、午後四時で早退してきた。家には祖母がいるものと思ったが、〈銀座へ出かけます〉とちゃぶ台にメモが残されていた。女三人が営む家庭のもう一名、わたしの母は、ふだんどおり仕事に出ている。

結婚式の前日なら、たいていは準備のため早く帰るものだと、なんとなく思っていた。ところが家に着いてみれば、ひとりぼっちなうえに、特にすることもない。

式は昼さがりから、ささやかなレストランウエディングで、親族のみが集い会食する。いまのところ、ハネムーンの予定はない。早くとも来春あたりに行けたらいいなと思う。

夕方には、新郎のユウジの悪友と、わたしの友人が発起《ほっき》人になり、立食形式のパーティーを催してくれる。会社の同僚や友人知人は会費制だが、目上の人たち、たとえば恩師などは、新郎新婦からの招待という体裁になっている。

もしかしたら、そちらに参加するユウジの知りあいが、宅配便の送り主かもしれない。結婚祝いの品、ということはないだろうか。しかし、二次会参加者の名簿を見ても、その女性の名は見あたらなかった。

箱を開けるまでに、たっぷり十分は迷った。

受け取りの印鑑を押す前に、送り主は知らない人です、と言って、配達のお兄ちゃんに突き返すべきだったのかも。

それとも、この女性の名前を、わたしが忘れているだけ？

まさか、母か祖母が、わたしの名前を使って、雑誌の懸賞に応募して当選した、とか？　でも、懸賞のはがきを書いているところは見たことがないし、わたしの名前を勝手に使うようなふたりではない。

このあいだ読んだスパイ小説に、他国の情報機関から脅されている科学者が、小包爆弾を送りつけられる、というエピソードがあった。秘書が箱を開けて、怪我を負い、科学者は、軍に依頼されていたロケット開発から手を引いたのではなかったか。

クリスマスを一週間後にひかえる師走《しわす》なかばの日暮れは早く、畳の上に置かれた箱は、濃い影を帯びている。

かたわらには、さきほどていねいにはがした包装紙がひろげてある。しわ加工の、捨てるには惜《お》しいような、とてもおしゃれなラッピングペーパーは、知らぬ人が選んでくれたものと思えば、なんとなく不気味にも感じられる。

空港にある、手荷物検査用のX線で、箱を透視できたらいいのに。

ちからいっぱい、じいっ、と凝視すれば、透けて見えるかも、とバカなことを考えた。そうやって、もんもんと見つめるうち、どうでもよくなってくる。

わたしはスパイにねらわれる科学者か？　いいえ、ちがう。わたしは誰かに恨みを買っているか？　いいえ、憶えがない。

キャラメルの箱の形をした、宅配便の伝票を貼るのにぴったりのサイズの箱を、思いきって乱暴に開けた。上のフラップを持ちあげると、シュレッダーくずのような、ピンクの薄紙でできた緩衝《かんしょう》材がさわさわ音をたてる。

箱のなかには、さらに、てのひらサイズの小箱があった。一瞬、クリスタルのグラスかと思ったが、いわゆる、指輪を入れるためのケースに間違いない。

まるでそれ自体が宝石のような、クリスタルカットをほどこされた透明なジュエリーケースだった。きらきらと光が反射するふたの下に、白いビロードの台にセットされた指輪が見える。

ケースをとりだしてから、緩衝材のなかに手を入れ、ほかになにかないか探ってみた。贈りものなら、メッセージカードや、手紙を封入するはずではないか。しかし、送り主とその理由を示すようなものはない。

指輪は、あきらかにハイ・ジュエリーだった。

エンゲージリングでもマリッジリングでも通用しそうに見える。

プラチナ製で、ダイヤモンドが埋めこまれていた。一カラットていどあるが、石が飛びでていないフラットなデザインだから、ふだん使いできる。

シンプルで、モダンなたたずまいは、ユウジの好みにぴったりだった。これを送ってきた女性は、ユウジの趣味に合わせたつもりなのか。だとすればなぜ、それを知っているのだろう。

伝票に記された住所は、神戸《こうべ》だった。かの地にわたしの知りあいはなく、旅したこともない。ユウジの口から神戸の話を聞いたこともない。

ユウジに訊ねてみようか。でも、ふるい知りあいや、さいきんは行き来のない親戚が、新婦にプレゼントする品物としては、あまりに高価すぎる。まして、友人が、一カラットのダイヤをあしらったプラチナのリングなど、贈るだろうか。

もし、ユウジのむかしの恋人が、交際中にもらった指輪を送り返してきたのだとしたら？　まさか。だって、なんのために？

あれこれ悩んだすえに、思いきって、送り主に電話をかけることにした。伝票を見ながら、相手の番号のボタンを押す。回線がつながったときには、緊張のあまり、胃が、きゅう、とちぢんだような気がした。

呼びだし音は、三度だけ鳴った。留守電のテープが応答する。メッセージを入れようにも、どう言えばいいかわからず、受話器を置いた。ほっとしている自分に気づいて、なさけなくなる。

相手の手ちがいで送られてきたのだとしても、ふところに入れて知らんぷりするには、値の張りすぎる代物だった。まして、指輪とあっては、なおさらに。かといって、交番に持っていくわけにもいかない。

とりあえず、もとどおりに梱包しなおした。いくら考えても、相手の名前に憶えはなく、だんだん、気味がわるくなっていた。

ひとりぼっちだからますます不安が高じるのだとわかっている。相談したいのに、こんなときにかぎって、祖母はいない。

どうしたものやら、途方にくれた。もてあました箱を、茶の間のすみへ押しやる。花嫁が、なぜ、こんなことに悩まされているのだろう。

ため息をついたとき、玄関のほうから、「お姉さん、すずです」と、いつもの呼びかけが聞こえた。わたしが勇んで、迎えに立つと、あたたかそうなミルクティー色の中綿入りコートをまとった、母の妹のすずちゃんがいた。

「あら、ひとり？」

コートを脱ぐすずちゃんが訊く。

「うん。おばあちゃんは銀座におでかけ。夕飯までにはもどる、ってメモしてある。ほら見て、これ」

「どれどれ、ハートマークつき？　かわいい」

母とすずちゃんは、腹ちがいのふたり姉妹で、ずいぶん歳が離れている。来年四十になるすずちゃんは、八つ下のわたしから見れば、叔母というより姉に近い。

わが家では、すずちゃんといえば、手みやげだった。いつもいつも、おいしいものをたずさえ、訪れる。きょうは一目瞭然の、赤い袋にBABBIのロゴが、目にまぶしい。

「お姉さんったら、娘のお式の前日も仕事に出てるの？」

はいこれ、とすずちゃんは、ちょっと重い袋をわたしによこして、

「バビのジェラート」とほほ笑む。「クリスマスの時期にあたたかくした部屋で食べるなら、ここのがいいかと思って」

「うれしい。ありがとう。すずちゃん大好き」

いますぐ食べたい、と袋をのぞきこむわたしに、すずちゃんは、十分だけ待って、と言った。

「先に、あなたのドレスを見せてちょうだい。楽しみにしてきたんだから」

「はい。じゃあ、こっちね」

「仏間に置いてるの？　せっかくのドレスが線香くさくならない？」

「だから、一週間前から、線香を焚くのは禁止」

「孫のウエディングドレスを守る役なら、線香ぐらいなくても、おじいちゃんはぜんぜん不満ではないわね」

すずちゃんは、まずまっさきに、わたしの祖父の位牌に手を合わせて、それから、ハンガーラックにつるされたドレスへ目を向けた。

「きれい」とちいさく呟く。「すてきね」

シルク・サテンを使った、スレンダーラインのロングドレスだった。胸元をおおきくカットしたノースリーブで、高い位置に切りかえがある。シンプルだが、その分、薄いクリーム色した絹地の、繊細な光沢がきわだって見える。

レストランでの人前結婚式というシチュエーションを考えると、パニエでふんわりスカートをひろげたプリンセスラインやAラインのシルエットより、細身のものが動きやすい。お色直しはせず、正装用の長い手袋は、式が終わったら速やかにはずす。そうしないと、せっかくのごちそうが食べにくい。

教会の式ではないから、ヴェールは被らない。ティアラも。代わりに、髪どめをおおきくしたようなヘッドドレスのボンネを、ドレスと共布で作ってもらった。

すずちゃんは目ざとくボンネを見つけた。

「これ、お姉さんの趣味でしょう」

「やっぱりわかった?」

「『ローマの休日』。映画の最後に、アン王女が髪につけていたのが、こんな感じのボンネだった。お姉さんは、オードリーが好きで好きでたまらないのよね。清楚でいさぎよく、チャキチャキして、むかし風に言うならお転婆《てんば》なお姫さまが」

「でも本人は、似ても似つかない。ピンヒールと赤いルージュが似あう、いわゆる〈いい女〉の姿形に、ジェットエンジンを搭載」

「すごい馬力」

馬力という言葉は、母をあらわすのにふさわしい。

長年、フットマッサージの店を切り盛りしてきた母は、さいきんになって、姉妹店を出した。ペットと飼い主がいっしょの個室で、マッサージなどのケアを受けられる。口コミで評判がひろまり、開店してから一日も休めていない。

わたしたちは笑顔を見交わし、ガーターやリングピローなど、ウエディングならではの小物類をひとつずつ見ていった。すずちゃんが、これは？　と指で示す。

「きれいな淡い水色のリボン。サムシングブルーね」

パウダーブルーのサテン地でできた、長いサッシュリボンだった。

「ああこれは、二次会のときに、ドレスのアレンジに使うの。切りかえのところに帯みたいに巻いて、リボン結びすれば、感じが変わるでしょ？」

「それはいいわね」

すずちゃんは重ねて、ブーケは生花にするのかと訊いた。わたしは、花屋をしている友人が作ってくれる、と答えた。

「それならあしたのお楽しみね。お花の種類だけ教えて」

「バニラスカイっていう名前のバラで、テーブルフラワーもそれをメインにするみたい」

「このドレスにぴったり合いそう」

「うん。はなびらが、バニラアイスの色」

「バニラアイス？　食べものが出てきたからには、茶の間にもどらなくてはね」

笑いをこらえ、すずちゃんが言った。


式を挙げるのは、もともと来春のつもりだった。それを、急遽、早めたため、いろいろと手がまわりきらずにいる。

新居は、すずちゃんの知人の仲介で、大型犬も飼える古屋を借りた。リフォームをしてくれるという大家の好意はありがたかったが、その工期は遅れ、今週になってようやく完成した。おまけに、わたしとユウジの仕事も忙しく、家財道具の準備ができていない。だから式後は、あすからの週末のみ、都内のホテルでゆったり過ごし、週あけには、それぞれもとの生活にもどる。

引越しは二週間後、ユウジが休める年末年始を予定していた。ハネムーンどころではない。

クリスマスが近いこの時期に、なぜ、そうまでして式だけを繰《く》りあげたのか。理由は、ユウジの兄がたずさわる仕事の、特殊性にある。

〈国境なき医師団〉の一員として、アフリカで活動するユウジの兄は、めったに日本にもどらない。小児科が専門だが、早くから国際赤十字で海外への派遣経験を積み、熱帯医学の修士も得ている。日本に家を持たず、難民キャンプで医療活動をしていたときに知りあったアルジェリア国籍の妻とともに、オペレーション支部のあるフランスに拠点を置いている。

その彼が、ほんの数日、帰国することになった。連絡があったのは、いまから一か月ほど前だった。

あすの朝に、成田《なりた》へ到着し、翌日からは、虐殺のつづくダルフールなどアフリカの紛争地域への支援を訴える仕事が待っている。そして来週中には、妻と休暇を過ごすため、フランスへ発《た》つ。

アフリカへの派遣がひかえていて、期間は一年ということだった。この機会を逃せば、またしばらく、会えなくなってしまう。

婚約者のユウジは、インターネットのスペシャリストとして、大学時代からの友人とふたりで、ネットビジネスを営んでいる。個人のサイト運営者のために、広告の斡旋や、管理の代行とサポートなどを引き受けるところから始まった会社だった。現在は、企業を対象にしたＩＴコンサルティングや、ネット戦略のアドバイスとプロモーションなど、手広く行っている。

いまどき、たとえ光ファイバー網がない場所にいたとしても、衛星回線とパソコンを使えば、声を聞いたり、顔を見たりすることはいくらでもできる。しかし、と、専門家のはずのユウジは言う。

伸ばした手が、相手のからだに届くということ、肩を叩き、じかに目を見て話せることは、格別の価値を持つ。地球の裏側とだって、通信が可能になっているからこそ、逆に、〈会える〉ことの尊さがわかるのだ、と。

肌に触れたら、体温を感じる。

機械を通さない声は、じかに鼓膜を震わす。

涙のしずくをぬぐってあげることも、おなじ食卓につくこともできる。

あす、初めて、ユウジのたったひとりのきょうだいに会える。写真は、ちっとも似ていなかった。声はまだ知らない。でもきっと、目の前に立てば、ああこの人がユウジのお兄さんなんだ、と納得するだろう。

ドレスを見たあとに、すずちゃんとふたり、あったかくした茶の間でジェラートを食べた。

すずちゃんはヘーゼルナッツのノッチョーラとカプチーノのコンビ、わたしは、バニラビアンカとチョッコラートを選んだ。祖母と母の好きなものはちゃんと残してある。

「ねえすずちゃん、無人島に持っていくなら、っていう質問があるでしょ？　無人島に一冊だけ本を持っていけるなら、とか」

わたしが言い終えぬうちに、すずちゃんは、くすくす笑いだした。

「いまのあなたなら、新郎を連れていきます、って言わないとね」

「もう！　そりゃそうだけど。なにを選んでもいいなら、魔法の杖とか、どこでもドアとか、島を脱出できるアイテムがいい」

「からかってごめんね。それで？」

「うん。いま食べながら思ったの。無人島に持っていくアイスは、バニラ、って」

掛け値なしに必要なものを選べ、という条件づけが、ひとりぼっちの〈無人島〉なのだろう。

なにしろ無人島という場所は、自分が属している社会から隔絶している。他人の目は届かず、外聞や見栄を気にすることもない。しがらみや常識に縛《しば》られずにすむ。

単に、好きなものはなにかと訊ねられたら、その時点でもっとも興味をひかれているることについて話すかもしれない。でも、無人島に持っていく、となると、流行が過ぎれば忘れてしまうようなものではいけない。自分を幸福にしてくれるものを、選ぼうとする。

フレーバーは、たくさんあれば心躍るし、新製品には目移りする。そして、ひととおり試したなら満足して、けっきょくはまたバニラにもどっていく。子どものころからさんざん食べてきたのに、ちっとも飽きない。

「まるで白いごはんみたい」

「定番の底力」すずちゃんがうなずく。「そういうものは、考えて好きになるんじゃなくて、からだが求めるというか、きっと自然に、からだに作用してるのね」

「でもちょっと地味かも」

「本物は大声で主張しないから。なのに、残るの。愛される、ってそういうことかもしれない」

「いつもそこにいて欲しい、って感じ？」

「ただいま、って帰っていける場所。おかえり、って迎えてもらえることを、信じられるの」

「家族みたいなもの？」

「かならずしも、家族でなくてもいいけど」

「好きな人とか。友だちとか」

「そうね。あなたの居場所になってくれる人」

ユウジさんとそういう家庭を築いてね、とすずちゃんは言った。

家庭とは、わたしにとって、ずっとここだった。育ててくれた祖母と、稼ぎ頭の母と、それからしばしば訪れるすずちゃんが、わたしの居場所を作ってくれていた。

父は母と離婚し、八年前に家を出た。それでも、父の実母である祖母は、嫁の立場の母と、孫のわたしが、ともにこの家に暮らすことを望んだ。そこへユウジが、うろちょろと顔を出すようになって、わたしをそっちのけで、祖母から料理を習ったりしている。

居心地のいいこの場所を去り、ふたりきりの家庭に移ることは、楽しみないっぽう、わたしを不安にもさせる。このあいだユウジに、それをうちあけてみた。すると彼は、驚いたように、こう言った。

帰るところがふたつになるんだろ。どっちもお前のものなんだ。いまの家も、これから棲む家も。

ユウジのものの見方は、たいていの場合、わたしと違っている。だからいい。わたしの悩みは、ユウジの意見を聞くことで軽くなる。ときには、反転して、悩みが希望に変わってしまう。

もともとユウジにはふたつの家庭があった。

そのうちのひとつ、館山《たてやま》の実家があったところへ、秋にドライブした。そこには、海苔養殖とアナゴ漁で生計をたてる父方の祖父母が暮らしていた。いまはふたりとも故人で、家もない。

ユウジは中学一年の夏休みまで、吉祥寺《きちじょうじ》の両親の家と、祖父母の家とを、行ったり来たりして育った。母親が家出をすると、長くて一年、短ければ半年ほど、館山にあずけられる。父親がユウジをかわいがっていたために、母親は、家を出るときに兄だけを連れて生家へもどるのだった。

いくら引き裂かれても、兄弟はとても仲がよかった。ユウジが大学へ入ったのを機に、それぞれに家から独立した。商事会社に勤めていた父親と専業主婦の母親は、不仲なまま結婚生活をつづけて、定年後も吉祥寺の家に暮らしている。

ラッキーだったのは、兄にかわいがられたことだと、ユウジは言った。友人にも恵まれ、吉祥寺と館山の双方で、転校の回数が増えるごと、お前も苦労人だな、とおもしろがってもらえた。つぎは何か月でもどるかチロルチョコを賭けよう、などと、笑い話にする。そして、夏休みには、吉祥寺の同級生が館山の家に泊まりにきた。

「なに考えてるの？　ぼうっとしちゃって」

気がつくと、すずちゃんが、わたしの顔をのぞきこんでいた。ニコニコと目を細めている。

ユウジのことを考えていた、などと言ったら、どれだけ冷やかされるかわからない。わたしは、とっさに、母をダシに使った。

「〈はんぶんこの法則〉って、あったの」

母は、新製品が大好きな人で、アイスクリームもしかりだった。けれども、わたしがバニラを食べていると、「ちょうだい」と手を伸ばしてくる。そんなときに持ちだすのが、〈はんぶんこの法則〉だった。

「食べものは、誰かと半分にすると、二倍おいしくなる。ちいさいころから、そう教えられてた」

食べものを分けあう仲、というのは、生き死にをともにする、ということでもある。

国際会議や、海外からの賓客《ひんかく》の訪問でも、会食が行われる。毒を盛るチャンスがあるのに、おなじテーブルにつくというのは、信頼の証になるだろう。食は文化だから、相手の文化を尊重する、という行為にもなる。

母が言いたいのは、もっと単純に、人に愛を与えれば幸福の分けまえがある、ということなのだが。

「おねえさんったら。それ、わたしが子どものころにもよく言ってたのよ」

すずちゃんが、なつかしむように目を細める。

腹ちがいの姉妹である母とすずちゃんは、早くから肩を寄せあい暮らしてきた。母は、大学生のときに両親をあいついで喪い、当時まだ小学生だったすずちゃんの親代わりになった。

娘のわたしでも、母とすずちゃんのあいだに割って入ることはできない、と感じる。女の子ふたりがどんな苦労をして大人になったか、それを想像すれば、ぼんやり育ったわたしには、とうてい太刀打ちできないことがわかる。ユウジもそうだ。

わたしはちゃんと、周囲から与えられたこの幸福に、感謝できているだろうか。

「いままでありがとう。すずちゃん」

畳の上に正座をして、照れながら言うと、

「急にどうしたの?」すずちゃんがあわてた。「新居はすぐそこの清澄《きよすみ》でしょう。まるで遠くに行っちゃうみたいに」

「どこにも行かないけど、でも、なんていうか……これからもよろしくお願いします」

「はい。承知しました」

もしこの家に父がいたら、わたしはやっぱり、こうして感謝を伝えるのだろう。そんなことを考えながら、すずちゃんと、ジェラートを食べたあとのかたづけをしていると、家の電話が鳴った。

地球の裏側へテレパシーが届いたのだろうか。

コロンビアに棲む父からの国際電話だった。板前の父は、再婚した妻のアナスタシアとともに、かの地でスシ・バーを営んでいる。

時差マイナス十四時間のコロンビアはまだ未明で、父の声は、寝ぼけたようにかすれていた。

「目が覚めちまってな」と軽く笑う。「なんでかわからんが」

店を休めないため帰れないのは残念だ、できるだけたくさん写真を送ってくれ、と父は、眠っている家族をおもんぱかってか、低い声で言う。

「おめでとう。ユウジ君と仲よくな」

「うん。ありがとう」

「待て、そこまでだ。あとはなにも言うなよ。お世話になりました、とかな。湿っぽいのは、ぜったい、だめだ」

受話器ごしに、洟《はな》をすするような音が聞こえた。あす、式の前に、祖母と母に感謝を伝えようとすれば、いまの父とおなじように、湿っぽいのはやめてちょうだい、と嫌がるような気がする。

父は、咳ばらいをひとつして、日本の知人に頼んでお祝いを手配したのだが届いているか、と訊ねた。

もしや、と思ったわたしが、それは指輪かと訊きかえすと、父はいつものべらんめえ調で、

「たいした婚約指輪をもらったそうじゃねえか」

おまけに、あすから結婚指輪をするのだろう、と答えた。

「俺は、おなじもんで勝負しようなんて思わねえ」

「勝負なの？」

「ああ、勝負だ」

プレゼントがなにかは着いてのお楽しみと言われ、受話器を置く。ふりむくと、熱いほうじ茶をいれて、すずちゃんが待っていた。

「どうして、プレゼントが指輪だと思ったの？」と訊いてくる。

わたしは、茶の間のすみに押しやっていた箱から、指輪のケースを出した。まったく知らない女性から送られてきたことを話し、すずちゃんに渡す。

「きれいねえ、きらきらして。こういう、クリスタルガラスみたいなケースがあるのね」

「もう、すずちゃんたら。いっつも、そうやって落ちついてるんだもん」

「それで？　指輪をはめてみたの？」

「まさか」

「サイズが合ってたら、あなたへの結婚祝いじゃないかしら」

「でもどの指のサイズ？　誰だって、一本ずつ指の太さはちがうでしょ。それに、わたしは送り主を知らないのに、彼女はいったい誰からサイズを聞いたの？」

「考えてもしようがないから、試しにはめてみましょう」

もし呪いの指輪で、抜けなくなったなら、責任を持ってカナノコで切ってあげるから、と、すずちゃんは笑った。

わたしの指は父に似て、関節が節くれだっている。右手の指は総じて、左より太い。

はたして、指輪は、左手の薬指にぴったりだった。

「偶然よね」わたしが言うと、

「さあ?」すずちゃんは伝票を見ながら、「いったい何者かしらね、この送り主」とすずしい顔をしている。

宅配便の伝票に書かれた字は、若い女性に特徴的な、たどたどしい感じにバランスをくずした、変形文字だった。かわいらしい字が、ちょっと怖くもある。

ユウジの会社は、IT関連の企業のため、各地に顧客を持つ。神戸在住の人とビジネス上のつきあいがあっても、ちっともおかしくない。ユウジに対して一方的に想いを寄せるストーカーだったらどうしよう。

ほどなくして、祖母が外出からもどった。

「おや、ほうじ茶かい?　いいねえ」

熱いのをアタシにもおくれ、と言われて、「じゃあわたしが」と、すずちゃんが立つ。

祖母は、わたしの顔をしげしげと見た。

「よからぬことを考えてる顔だね」

「わかりますか」と答えたのは、祖母の湯呑みを持ってきたすずちゃんだった。

わたしは、まず黙って、祖母に宅配便の伝票を見せる。ここに書いてある送り主は誰かと訊ねる祖母へ、つぎに、指輪のケースを手渡す。

「見てよ。これが送られてきたの。その知らない人から」

「まあずいぶんと、きれいだこと」

祖母もまた、すずちゃんと同様に、問題をそっちのけで、めずらしい物品にすっかり気をとられ、きらきら光ってる、だの、飾っておきたい、だのと、ひとしきりケースを眺めた。それからようやく、ふたを開け、なかの指輪をつまんで言う。

「これはこれは、いいものをいただいたもんだ。なのにあんたときたら、そんな、浮かない顔をして」

わたしは、送り主は知らない人、と祖母に念を押す。

「どう思う、おばあちゃん。こんな高価な、ダイヤとプラチナの指輪を送ってくるなんて」

「おおかた、お祝いのカードを入れ忘れたんだろうさ」

「そうかもしれないと思って、伝票に書いてある番号に電話したけど、留守電なの」

「たまたま留守だったんだろ」

祖母は、伝票を手に、身軽にさっと電話機の前へ行き、わたしの止める声も聞かず、送り主に電話をかけた。しかしすぐに、受話器を置き、座布団の上へもどる。やはり、相手は留守だった。

ユウジを疑っているわけではないが、とわたしは、正直な気持ちをふたりに話した。ユウジのことを好きな女性は、ほかにもいるかもしれない。当のユウジがまったく身に憶えがないのに、勝手に恋人気どりでいるとか。

こうして、わたしを戸惑わせるために、誰かが、仕組んだのだとしたら？

「むかしの恋人が、ユウジからもらった指輪かも。喧嘩の種を、送ってよこしたの。あすの式を台無しにするために」

「バカを言いなさんな」

無駄にたくましい想像力だねえ、と祖母は、眉をへの字にした。すずちゃんとともに、困り顔でわたしを見ている。

「いずれ答えはわかるさ。そんなことより、アタシからお祝いだよ」

このために銀座へ出たのだから、と祖母は、買ったものでふくらんでいる三越《みつこし》のおおきなショッピングバッグから、別のちいさな紙バッグを出した。

「サムシング・オールド、っていうんだろ？　ふるいものがいいらしいね」

その風習について知ったのは、つい先日だと祖母は言った。帯留めをリフォームしてもらおうと考えたはいいが、とにかく時間がない。店に無理に頼んで、ようやくきょうの夕方に間にあった。早く開けてごらん、と、リボンを解くわたしを急《せ》かす。

祖母の贈りものは、真珠のピアスだった。ばら色を帯びた輝きの、照りのよいおおきな粒が、ホワイトゴールドの金具の先に重たげにくっついている。

「ありがとう、おばあちゃん」

「どういたしまして、だよ」

「あした、これつけるからね」

手持ちの、やはり一粒真珠のピアスを、飾りけのないドレスに合わせるつもりでいたのだった。それはかつて成人式を迎えたときに、祖母が買ってくれたものだった。二十歳ならこのぐらいのサイズでじゅうぶん、と選んでくれたちいさなピアスは、慶弔にも、仕事にもカジュアルにも使えて、たいへん重宝してきた。

「だいじにするね。前にもらった真珠も」

「いずれ、アタシの宝石類ぜんぶもらっておくれ。元気なうちに形見分けしておくから」

「やめてよ。湿っぽい話は苦手だ、って、このあいだも言ったでしょ。縁起でもない」

「はいはい。あんたときたら、そういうとこが父親そっくりだ」

祖母は、しれっとして、ほうじ茶をすする。やさしい笑顔を浮かべるすずちゃんが、祖母の上をいく落ちつきぶりで、さらりと、

「元気だから、平気でそんな話をするのよ」

ぴんぴんしている証拠と言ってのけた。

わたしは真珠を耳に飾り、よく似あうとほめられ気をよくし、せっかくだからとそのままで、すずちゃんといっしょに夕餉のしたくをした。祖母は茶の間に陣取り、ジェラートを食べながら、調理の指示を出す。手先の器用なすずちゃんがいてくれるから、安心してまかせられるのだろう。

すずちゃんは、建設会社や設計事務所の下請けとして、建築模型を作りながら、神楽坂ちかくにひとりで暮らしている。家やマンションを建てる前に、デザインの仕上がりを確認するための模型は、精巧で、きりっとして、美しい。まるで、すずちゃん

の人柄があらわれているようだ。

料理の手際も、わたしとすずちゃんではかなりの差がある。材料を切ったり、熱を通し味つけしたりはすずちゃんにまかせて、わたしはもっぱら、洗いものと片づけに徹した。

ブリの粕汁《かすじる》、レンコンと豚肉の炒めものに、春菊《しゅんぎく》のおひたしを作り、三人で食卓をかこんだ。

食べているところへ、予定よりずいぶん早く、母が帰った。玄関先から、ただいま、と家のなかへ呼びかける。

「花屋さん来てるわよ。花嫁さん宛てですって」

一メートルちかくある長細い箱は、ずっしりと重く、花屋のお兄さんから受け取った時点ですでに、よい香りがしていた。茶の間へ運び、みんなの期待に満ちた視線を浴びつつ、金色のリボンを解き、ふたを開ける。

目の覚めるような真紅の、大輪のバラだった。

あざやかな紅の花と、ぴんと張った濃い緑の葉や茎が、どっさり、積み重なっている。〈父より〉と書かれたカードが、長い茎のあいだに挟んであった。

「すごいバラ!」

箱をかこむ四人はそれぞれに、ため息まじりに言い、花の上へ身を乗りだす。

「みごとに真っ赤だよ」と祖母が言う。

「パパったら、カッコつけちゃって」と母が、クスリと笑う。

「何本あるんだろ」呟いたわたしに、

「百本でしょう。ざっと数えて計算してみたけど」

すずちゃんが答えた。母があきれて、「数えて計算した?」と、口を半開きにする。

父が手配してくれたバラは、ちょうど開きかけたところだった。花びらの先が、外側へめくれるようにほころんでいる。笑ってるみたいに。

「もしアタシがまちがってたら、そう言っておくれ」

三人を順に見まわし、祖母が訊ねる。

「赤いバラってのは、惚れた女に贈るものかと思ってたよ。花嫁だったら、白か、ピンクが相場じゃないのかい?」

「そういえばそうね」と母が、おかしそうに笑った。

「だろ?」と祖母が、つられて笑う。

すずちゃんは、花屋が同封してくれた説明書きを読んでいた。

「フリーダム、っていうのね。このバラの名前。コロンビア産」

パパらしいわ、と母が、わたしの肩へ手を置いた。祖母は、〈父より〉と書かれたふたつ折りのカードを手に取って、開き、

「おや、マリア・カルメンの名前もあるよ」

コロンビアで生まれた孫の名を、指先で愛しそうになぞってから、わたしによこす。

カードの中面には、父を始めとして、あちらの家族の名前がカタカナでびっしりと記され、ちょっとした迫力だった。

父のつぎに妻のアナスタシア、それから彼女の娘たちの、マグダレーナ、マルガリータ、カタリーナ、クリスチアーナ、そして最後に、父の実子であるマリア・カルメン。

「あなた家族が多いわね」

母が、わたしの首根っこに両腕をまわし、抱きついてくる。すると、すかさず祖母が、「なにをおっしゃるやら」と対抗心まるだしの口調で、

「この子といちばんたくさんの時間を過ごしたのは、アタシですよ」

勝負あったね、と勝ち誇って言った。

母とすずちゃんとわたしは、黙って、顔を見合わせる。そういえば、さっき電話で

話した父も、ユウジと勝負だなどと、口にしていた。あのときは、指輪を送ってくれたのかと、わたしが訊ねたのだった。

例の指輪は、箱にもどされ、茶の間のすみにある。わたしの首から腕を解いた母が、その存在に気づき、

「あら、指輪とどいてたの？」

外箱を手に取っただけで、中身をあてた。

「勝手に開けちゃって。まあいいけど」とわたしへふりかえる。

「勝手に？　だってそれ、わたし宛てだよ」

「ホントだ。なにか手ちがいがあったんだわ」と母は、謎の指輪と送り主について語りはじめた。「ママが母親からもらったダイヤだったの。もともとはね」

亡き母親が遺した指輪を、結婚祝いとして娘に譲ろうと考えた。デザインがふるいため、神戸にいる知人のジュエリー・アーティストにリフォームを依頼したが、できあがりはクリスマスごろになると言われた。

「でもほら、あなた、式を挙げるといったって、年末まで、なんやかや準備しながらうちにいるでしょう？　だから、お年玉として渡せばいいかと思ってたのよ。まさか間にあわせてくれるなんて、考えもしなかった」

伝票の若い筆跡はアシスタントのものだろう。送り主の名は間違いなく、その知人の女性で、予定していた納期より早く仕上げてくれたのだ。そう言って母は、「連絡をくれたかも」と携帯電話をとりだす。

「やっぱり。彼女から着信入ってた。留守電聞いてみるわね」

メッセージを聞き終えた母は、もういちど再生するボタン操作をして、電話機をわたしの耳にあてた。ちょっとハスキーな女性の声が言う。

〈きのうの夕方、アシスタントに発送を頼んだから、きょう中に届くはずです。ええと、それから、今晩はコンサートを聴きに出かけるのでアトリエを留守にします。携帯の電源も切ります。娘さんに、おめでとうと伝えておいて。おしあわせに。もちろん、あなたも〉

もちろん、あなたも。このひと言に、その女性の人柄がしのばれる。

祖母とすずちゃんに、わたしから、留守番電話の内容を伝えた。母が、首をひねって、でもどうして送り先があなたの名前なの？　と訊ねる。わたしはそれに応《こた》えて、宅配便の手配を頼まれたアシスタントが勘ちがいしたのでは、と予想してみた。

「わたしに、じかに送るものと思ったのよ、きっと」

「アシスタントがあなたの名前を知る機会なんてあったかしら」

「内側にイニシャルを入れるとか、そういう打ちあわせはしなかった？」

「やだ、忘れてた」

ファクスでオーダーシートをやりとりしたとき、イニシャルを彫ってもらうつもりで名前を記入した、と母は言った。けれどもうっかり、フルネームを漢字で書いてしまい、電話をかけてきた知人から、漢字は彫れません、と笑われたのだった。

そのとき、ふと、自分の母親の遺品であるダイヤを、いずれ娘も、家族に遺していくことになるだろう、と考えた。ならば、いま現在の所有者のイニシャルを刻《きざ》む必要はない。

「だって、つづいていくんでしょう？　ひとりの命は短いけど、バトンがわたされて、つづいていく。そのあいだにも、鉱物であるダイヤモンドは変わらずにあって、手から手へ、移っていく」

母は、クリスタルのケースから指輪を出し、「でもそれだけが理由じゃないのかも」とつづける。

「ママね、あなたの名前を、旧姓のまま、オーダーシートに書いてたの。そのことを知らされて、苗字が変わるんだなあ、って、しんみりしちゃって」

名を刻む必要はないと言ってみたり、名前が変わることを気にしてみたり、母は、いつもの母らしくなかった。きのうなどは、「式を挙げたらとっとと実家を出るもんよ。そんなにママのそばを離れたくないの？」と、軽口を叩いていたのに。

　さあさあ、と祖母が、ものさびしい空気をはらうように声をかける。

「指にはめてみせておくれ。なかなかいいデザインじゃないか」

　わたしはさっきと同様に、左手の薬指に指輪をした。

「ちょっとあなた、その指、違うでしょ」と、あせったように母が言う。

「まあいいじゃない」とわたしは、ほかの指ではサイズが合わないことを言わずにおく。「ありがとう。だいじにするね」

　おそらく母は、考えなしに、エンゲージリングのサイズそのままにオーダーしてしまったのだろう。ついこのあいだ、サイズを訊ねられた憶えがある。

　すずちゃんが、わかってるわよ、というように、母の肩越しにニッコリ笑顔を見せている。

　それから母は、わたしの耳を飾る祖母からのプレゼントに気づき、真珠のリフォームがついさっき間にあったところだと知ると、「ふふん」と鼻を鳴らした。

　祖母がむきになって、自分はちゃんと受け取りの確約をもらっていた、と母との違いを主張する。わたしに言わせれば、ぎりぎりになってから動くという点では、祖母も母も、どっちもどっちだろう。

「ふたりに似たのね」

すずちゃんが、唐突にわたしに言う。新居の準備ができていないせいだろうか。

「どこが?」と、祖母と母が声をそろえた。するとすずちゃんはあくまで平静に、

「わが道を行くところ」

祖母と母に答えてから、煙にまかれたような表情のふたりにかまわず、くるっとわたしのほうを向き、バラを活けましょ、と言った。


またあした、とすずちゃんを夜道に見送ったときには、午後九時をまわっていた。夜空は晴れわたり、夜気は凍えている。あすの朝は霜が降りて、快晴の一日になるでしょう、と天気予報が告げていた。

母が風呂へ入り、わたしと祖母で皿洗いをすませると、そのあとはいっしょに祖母の部屋へ行った。あす着る留袖に合う小物を選びかねている祖母が、草履をふたつならべ、わたしの好みを訊く。和装バッグも、上等なのが三種類も出してあって、そちらも決めあぐねていると言った。

「ごらん、この柄はね、花唐草《はなからくさ》。金糸《きんし》が結婚式にぴったりだ。こっちは鳳凰《ほうおう》と瑞雲《ずいうん》

で、めでたいね。あとはこの雪ウサギ」

「へえ。この織り柄、雪で作ったウサギでしょ。冬しか使えないなんて、粋だね」

「どれもいいだろ？」

それで迷うのさ、と祖母がため息をついたとき、玄関の呼び鈴が鳴った。

「おや、こんな時間に」

「わたしが出る。またなにかの配達だったりして」

こんどはおいしいものがいいねえ、と笑う祖母を置いて、廊下を行くと、玄関の引き戸の向こうから、「俺です。遅くにすいません」と、よく知る声が呼びかけてくる。

戸を開けると、ユウジが立っていた。ほっとした顔で、白い息を吐く。

「よかった、お前か」

会社のほうはあいかわらず。帰宅できない人間が多数という繁忙ぶりだが、新郎はもう帰って寝ろ、と無理やりオフィスを追いだされた。その帰り道に、ちらっとでも顔を見たくなり寄ったのだと、ユウジは言った。それにしてもすごい匂いがするなあ、と鼻をひくつかせる。

家中が、父のバラの香りに満ちあふれていた。寒いからともかくなかへ、とわたしに招き入れられたユウジは、茶の間の入り口で、

「うわっ、なんだこれ」とたじろぎ、足を止めた。

百本のバラをいちどきに活けられる花びんなど、ごくごく庶民的なわが家にはなかった。だから十本ずつ、ありったけの五つの花びんに分け、残りの五十本はバケツに活けた。各部屋に分けてもよかったが、せっかく豪勢にプレゼントしてくれたのだからと、みんなが集まる茶の間にずらりとならべてある。

「結婚祝いに真っ赤なバラって……」

いったい誰が送ってきたのかとユウジは訊ねた。わたしは、コロンビアの花畑で育ったバラなのだと、ヒントを与える。

「やられた」とユウジは、まだ茶の間の入り口にとどまったままで、かくんと首を垂れた。

父は、勝負に勝ったということだろうか。

百本のバラに見守られながら、コーヒーの飲みすぎでカフェインはもうけっこう、と胃のあたりを押さえるユウジのために、ゆず茶を出した。

訪問者がユウジだったことは、すぐわかっただろうに、祖母は自分の部屋から出てこなかった。長風呂の母は、まだしばらくかかる。祖父の位牌に手を合わせたユウジが、仏間からもどる。

「あしただな」

「うん、あしただね」

「ところで、入籍はいつにするんだっけ？」

「えっ？　やだ、ごめん、まだ用紙もらってきてない」

わかりやすい日に提出しようと、いつだったか話しあって、いい案が浮かばず、仕切りなおすことにしたのだった。式場となるレストラン側からは、招待客が見守るなかで婚姻届にサインをする、というやり方もあると勧められた。しかし儀式的な行為はふたりとも好まない。式は、ふたりならんで、これからもよろしくお願いしますと挨拶する場であればいいと考えた。

ユウジは、ゆず茶を飲み干し、腕時計を見る。

「ごめん。花嫁は早く寝ないとまずいんだよな」

式は午後からだからまだ平気、と答えるわたしの頭を、小学生の男の子にするように、てのひらでぽんぽんと軽く叩く。

「俺、いまから区役所に寄ろうかな」

婚姻届の用紙をもらいに、とユウジは言って、もちろん書くのはきょうではないがと腰をあげた。

「わたしも行きたい。往復二十分ぐらいでしょ?」

「じゃ、行くか」

わたしたちは、明るいブルーのミニ・クーパーで、十二月の夜の街へ出た。

時間外窓口で婚姻届を受けつけることは知っているが、用紙をもらえるかまでは考えなかった、とユウジが、あわてたように言う。

わたしは、だいじょうぶだよ、と答える。児童館に勤める同僚の経験では、頼めば持ってきてくれたらしい。それも、書き損じを心配して三枚。せっかくの親切だからと、彼女はありがたくもらって帰った。

三枚は多いな、とユウジが、赤信号でブレーキを踏みながら言う。深呼吸をして、落ちつかないそぶりで、ハンドルを握りなおす。

「なんか俺、緊張してきた」

「あしたの話?」

「一生の責任の話」

決断は、たいてい、ひとりでするもの。ひとりの決断なら、自分の都合を優先できるし、なにかあっても、自分の責任になる。だが、これからはちがう、とユウジは言った。あらたに築いていく家庭には、ふたり分の命運がかかっている。

「会社の経営のほうも、今後なにが起こるかわからない」

「先の保証がないのは、わたしもおなじでしょ。みんなそうよ。たとえば、一生かかっても使いきれない財産を持ってる人でも、死ぬときがくれば死ぬんだもの。どんな人生になるか、息が止まる瞬間までわからない。その点では、人間みな平等」

おわかりですか、とわたしがふざけて確認すると、ユウジは、おわかりです、と笑った。

信号が青に変わり、六速マニュアルのギアを入れ、愛車のクーパーSを発進させる。

「俺も気楽に行くか」

「どうぞ。だって、わたしがここにいるじゃない」

ひとりよりふたりなら、それぞれの荷物を半分ずつ分けあえる。

不安や逆境を、ひとりで背負うより、ふたつの肩に。おいしいものは、誰かと分かちあえば、二倍おいしくなる。

苦しみは半分に。楽しみは二倍に。これを称して、〈はんぶんこの法則〉と呼ぶ。

ホオシチュウ

ホオツキさんの姿が消えた。

火曜の朝、いつもの時間、いつもの場所に、彼女はいなかった。

昨年末にユウジと結婚し、清澄の借家に移ったわたしが、勤め先の児童館まで歩いて通う途上に、ホオツキさんの家はある。

商業地区の裏通りに、ぽつんと建つ昭和の民家は、どことなく、わたしの実家に似ていた。

雑居ビルや社屋が建ちならぶ通りにあって、全国チェーンのコインパーキングと、ウィークリーマンションとに挟まれている。

出会ったのはちょうどひと月前、新居への引越しで、てんやわんやの正月休みを終えた、仕事はじめの朝だった。

玄関先をほうきで掃いていた上品な女性に、「あけましておめでとうございます」と声をかけられたわたしは、ちょっと驚きながらも、うれしくて、「おめでとうございます」と挨拶を返した。

表札には、〈面〉と書かれていた。

なんと読むのだろう。〈オモテ〉さんかしら？　わたしの、ほんの一瞬のとまどいが伝わったのか、彼女は、

「ホオツキ、と読むんですよ」

東京ではめずらしいでしょう、と笑みじわを寄せ、にっこり笑いかけてくれた。

それからというもの、ホオツキさんの家の前を通るときには、あわただしい通勤の足を止め、挨拶を交わすようになった。最近では、ひと言ふた言、短いやりとりもしていた。

きちんとしていて、若々しい物腰のホオツキさんは、ぱっと見の印象では五十代のなかばという感じだった。そして、近くで話すと、もう少し年長の落ちつきがうかがえた。

年齢を訊ねたことはない。だが年金を受け取っているそうだから、外見より実年齢がちょっと上であることは確かだった。

わたしが早番の朝には、かならずホオツキさんの姿があった。

玄関先や歩道を掃除したり、コインパーキングの看板や柵の上、路上などに捨て置かれた空き缶や、タバコの吸殻を拾ったり、どんなに寒くても、きびきび楽しげに動

いている。

ひるがえって、遅番でゆっくり出勤するときには会えなかった。帰宅するときも、しかり。なぜならわたしは帰りには遠まわりして、夕飯の買物がてら商店街を抜けて帰る。

朝に姿が見えないのは、初めてのことだった。

掃除を終えてしまったのかと思ったが、路面には、ひしゃげた吸殻がこびりつき、歩道のすみに空き缶が転がっている。

寝坊する人には見えないし、旅行にでも行ったのだろう。そのときは、あれこれ勘ぐることもなく、足早に通りすぎた。

翌日の水曜、またしても、ホオツキさんはいなかった。

なんとなく心配になったわたしは、足を止め、しんと静まりかえった家の様子をうかがった。

ひとり暮らしになって十年も経つ、と言っていたことを思いだす。

年季の入った〈猛犬注意〉のプレートが貼られた郵便受けを、雑巾で拭きながら、「犬はもういないけれど、ずっと夫婦ふたりきりだったから、亡くなった夫が、チワワを娘のようにかわいがっていたのよ」と、話してくれた。

もしや、体調をくずして寝込んでいるのではないか。

にわかに不安に駆《か》られ、インターホンのチャイムを押した。しばし待ち、もう一度。

応答はなかった。結局わたしは、泊まりがけでどこかへ出かけているだけだと、自分を納得させ、立ち去るしかなかった。

そして木曜、ポイ捨ての吸殻が増えた路上は、さみしく、荒涼として見えた。

火曜から数えれば、まだ三日めにすぎない。けれどもわたしは、先週の後半の遅番と、休館日を挟み、ちょうど一週間、彼女と顔を合わせていなかった。

病気や怪我で、入院でもしたのか。人知れず、家のなかで倒れていたらどうしよう。縁起でもないが、最悪の可能性が、ちらちらと頭に浮かぶ。

ひょっとして、すでに亡くなっているのかも。いいえ、そんな馬鹿な。きっと旅行か、実家や親戚の家に行っているにちがいない。

金曜には、児童館の運営についての会議があり、朝から区役所に出向いた。

土曜は、学童クラブのクラブ費を滞納する保護者の話を聴くため、家庭訪問をした。夕方からは、絵本作家を招いたイベントの世話で、息つくひまもない一日だった。

ホオツキさんの身を案じる気持ちは、いつもの道を通らなかったこともあり、しだいに薄れた。物事をよくないほうに考えると、実際にそうなってしまう気がして、あえて、楽観しようと心がけてもいた。

友人の結婚披露宴に招かれ、有給休暇を使って静岡へ出かけた日曜と、休館日の月曜には、祝福の空気がまわりにあふれていたために、思いだしもしなかった。

はたして、またもめぐってきた火曜の朝、五日ぶりに通る道の先に、コインパーキングの看板が見えてきたとき、わたしの胸はざわざわと落ち着かなくなった。

理由がわからず、歩いていくと、物足りないような、奇異な感じが、だんだんつよまる。

あるべきものが、そこにはなかった。

コインパーキングと、ウィークリーマンションのはざまには、家を解体したあとの廃材が山をなしていた。

ホオツキさんの姿は、あるわけもなく、折り重なった柱材に、白い霜が降りていた。

瓦礫《がれき》の山は、翌朝までにきれいさっぱり消えた。ならされた敷地は、家が建っていたとは思えないほど、せまかった。

つぎの朝になると、歩道ぎりぎりのところに、管理地を示す看板が突きたてられていた。実家ちかくの駅前にある不動産屋のものだった。

せめて、お別れを言いたかった。遅番や休日のあいだに引越しと解体が終わってしまい、機を逸したのが悔やまれる。

めぐりあわせのわるさを嘆き、これまでのことをユウジに話した。

親しいつきあい、と呼ぶには、浅く短い。

ホオツキさんとの〈接点〉は、言葉のとおり、一日二十四時間のなかの〈点〉でしかなかった。

けれどもそれは、時間に追われる日常の、句読点のようだった。

「きょう昼休みにね、まわりにある会社の事務所なんかをいくつか当たってみたの。ホオツキさんの消息を知っているかもと思って」

彼らは口をそろえて、なにも知らないと答えた。

古くからその場所で商っている会社はなかった。もともとは住宅がならんでいる通りだったが、固定資産税の支払いのために立ち退《の》いたり、地上げにあったりした土地へ、あとから入ってきたらしい。

騒音や、作業車両の出入りによって迷惑をおかけします、と近隣に挨拶をしてまわったのは、ホオツキさんではなく、解体を請け負《う》う業者だった。

「でも業者さんの名前を憶えてた人はいなくて。だからこんどは、不動産屋に電話してみたの。看板に番号が書いてあったから」

「それで?」とユウジがうながす。結果の予想はついているのか、子どもをはげますみたいな目をしている。

わたしはいま、そうとう浮かない顔をしているにちがいない。

「相手にされなかった」

「もしかして、ストレートに訊いたのか?」

「まさか。あの土地に興味がある、って、ちゃんと嘘ついたわよ。前の住人について知りたい、って言ってみたの。近隣トラブルとか、いわくつきなら困るから、って」

不動産屋の説明は、単純明快だった。

管理を委託されているのではなく、すでに前の持ち主から買いとっている。売買契約は、相手方の代理人と進めた。

「代理人から聞くかぎりではまったく問題なし。それが答え」

「うまくかわされたな」

「うん。代理人がいたかどうかもあやしいと思う。誰だかわからない相手に、不用意にぺらぺらしゃべれないもんね」

「このさい、単刀直入にやってみたらどうかな」

いい思いつきのようにユウジは言ったが、それはすでに、わたしが試したことだった。

「夕方に、また電話してみたの。別人のふりで」

ホオツキさんがどちらに移られたか教えていただけませんか。個人情報がどうのなんて、無粋な世事は存じません、というようにおっとり訊ねてみたが、むだだった。

「お力になれません、だって」

「よかったじゃないか、それはそれで」

こう言ってはなんだが、とユウジは、電話を受けた相手の口の堅さをほめた。ホオツキさんの立場に立てば、責任ある不動産屋を選んでなにより、ということになる。

ひとつの事実に、別な角度から光を当てることで、とらえかたを変えてみる。

柔軟さは、ユウジの性格で、わたしがもっとも好きなところだった。

ひとつの視点にこだわって行きづまりそうになると、ユウジが、こっちから見てごらん、と思ってもみない位置から明るい光を投げかけてくれる。

さよならは言えなかったけれど、ホオツキさんの身辺がきちんとしていることは、よろこばしかった。

「元気かなあ」

「元気さ。引越しできるぐらいだ」

「だよね。ふるい家を修理するとか、建てなおすとかするとしても、まわりがビルばっかりじゃつまらなかったのかな」

「ひとり暮らしだったんだろ。バリアフリーのマンションがいろいろ出てるから、そういうのに移ったんじゃないか」

「かもね。家のなかでつまずいて、怪我でもしたら、助けを呼ぶにも大変そうだもの」

言いながら、ふいに、心配になった。

黙り込むわたしを、ユウジが怪訝そうに見ている。

よくない想像が、頭をもたげ、むくむくとふくらんだ。

口にするのが嫌で、押しつぶそうとしたが、できなかった。

「まさか、亡くなったなんてことは、ないよね？　普通に土地を売っただけよね？」

無理に笑顔を作ろうとするわたしの肩を、ユウジがそっと抱き寄せる。

「なあ、よく考えてみろよ」とやさしく言った。「家を壊すには届出をしなくてはならないし、業者だって、すぐに着手できるわけじゃない」

ユウジの言うとおりだった。

どんなに短く見積もっても、準備に、二週間から三週間は必要だろう。立ち退きの日程は、だいぶまえから決められていたはずだった。

あるいは、わたしがあの道を通るようになる以前から、話は進んでいたのかもしれない。

せっせとほうきを動かすホオツキさんのちいさな背中や、空き缶を拾いあげ、伸ばした腰をとんとんと叩くしぐさ、「おはようございます」と言うときの笑顔が、なつかしく思いだされた。

あの人柄は、どんな土地に暮らしても、変わらないことだろう。心配なんて、しなくていい。

とはいえ、あの空き地を、まいにち見るのはしのびなかった。

翌日から、わたしは別の道筋で職場へ通うようになった。

ホオツキさんに会えない以上に、形といい、ふるさといい、実家によく似た家が消えてしまったのが、さみしかった。

なんとなく、しんみりした気持ちが去らないまま迎えた日曜は、児童館の隔週の休館日で、サボっていた洗濯をかたづけるのに最適な、快晴だった。

ユウジはゆうべから会社に泊まりがけで、ちょうどわたしがひとり分の朝食を作り終えたときに、着替えのため、いったん帰宅した。

浴室へ直行し、驚異的な速さでシャワーを浴びると、食事はいらないと言っておきながら、わたしの皿から卵焼きをつまむ。

そして、カゴに盛ってあったデコポンをありったけ、くたびれたメッセンジャーバッグに詰めると、「なるべく早く帰る」と言い、あわただしく出かけていった。

一瞬の突風に、家のなかをかきまわされたようで、さっきまでの静かな休日の朝はどこへ去ったのかと、ぼんやりしていると、こんどは、電話が鳴りだした。

日曜の朝七時にかけてくるのはどこの不届き者か。腹を立てつつ、電話機を見やる。

デコポンに負けない明るいオレンジ色の小窓に、ユウジが登録した〈おばあちゃん〉という発信もとの表示があった。

おはよう、と電話に出たわたしに、祖母が言う。

「おや、起きてたのかい？」

起きていたことに驚くなら、なぜかけるわけ？　困ったものだと苦笑しつつ、「いいお天気がもったいないもん」と答えた。

洗濯にもってこいの日だよ、と祖母も、うれしそうに言う。

「アタシはもうすっかり干してしまった」

「ずいぶん早いね。こっちはようやく朝ごはん」

「ユウジさんは、まいにち遅いんだろ？　日曜だってのに、こんな時間から起こして、気の毒じゃないか」

「さっき急に現れて、着替えて、また出社。帰りが遅いとかいうレベルじゃないから」

祖母は、からだが心配だねえ、と電話の向こうでため息をついた。

「あんたのママも、そうとうなものだけど」

そういえば母は、海外のエステ事情を視察するため、研修旅行に出ると言っていたのではなかったか。

わたしが思いだして訊ねると、祖母は、だからこんなに早く洗濯も掃除も終わっちまったのさ、と言った。

「朝の五時にタクシーを呼んであるから、まちがいなく起こしてくれ、ってアタシに頼むんだよ。よりによって、このアタシに」

「おばあちゃんは、朝はそんなに得意じゃないのにね」

「そうだよ。いくらだって寝ていたいさ。眠るのは大得意なんだよ」

そうは言っても飛行機に遅れたら大変だから頼まれてやった、と祖母は、まんざらでもなさそうにつづけた。

そして、もしなにも予定がなければ昼ごはんをうちでお食べ、とわたしをさそった。

ユウジは夕方まで留守だし、祖母がにゅう麵《めん》を作ってくれるというので、ふたつ返事で出かけることにした。

祖母の料理はなんでもおいしいが、にゅう麵も絶品で、桜海老にゅう麵や、かき卵にゅう麵、ナンプラーを使ったエスニック風味とバリエーションも豊富だった。

春を予感させる陽射しのなか、シーツやカバーなど大物を洗って、サボりがちな水まわりの掃除もすませた午前十一時すぎ、歩いて二十分ほどの実家へと向かった。

光の春、とはよく言ったもので、おひさまの明るさにくらべて、風はまだ冷たく、ちくちく頬を刺す。

途中の八百屋の店先にならんでいた春野菜には目をうばわれるものの、冬の食べものが恋しい。

マフラーに鼻先までうずめて実家に到着したわたしを、鶏ささみと梅干のにゅう麵が、芯からしっかり温めてくれた。

「天才だね、おばあちゃんは」

スープも飲み干して、箸やすめの、さつまいものきんぴらをつまみながら言う。

すると、いつもならご満悦で「だろ?」とすました得意顔を見せるはずの祖母が、そっと箸を置き、顔をうつむけた。

「アタシに、よくないところはないかい?」

わたしはあやうく、さつまいもに、むせるところだった。

「おいしいよ。すっごくおいしい。自分で料理するようになって、あらためて、おばあちゃんの偉大さがわかったもん」

自信を失うような出来事でも、あったのだろうか。祖母の料理にケチをつける人がいるとは、とうてい思えないが。

鶏ささみをやわらかく仕上げる腕はさすがだし、スープはあっさり上品だし、と思いつくかぎりの感想をならべるうち、うつむいていた祖母の顔に、ほんの少し、明るい表情がもどった。

顔をあげ、わたしの目を見る。

「ほめて、どこへのぼらせようってんだい？」

祖母は、困ったように言った。

「遠慮なしに教えておくれ。イヤなところとか、ここをこうしろとか、なんでも」

いったいなにが起きたのやら。祖母は、まったく祖母らしくない。

「おばあちゃん、ヘン」

「そんなこたないさ」

「なにがあったの？」

「おかげさまで、つつがなく、ご陽気に暮らしてるよ」

「なにかあったんでしょ」

わたしのしつこさに観念したのか、祖母は、やれやれという様子でため息をつき、
重い口を開いた。

「引越すつもりなんだよ。きっとね」

「誰が？」

「決まってるだろ？」

心細いような目をした祖母は、わたしの母が引越しの準備をしているらしいと言っ

た。

「確かなの？」

信じられず、訊き返すと、祖母はやけに重々しくうなずいて、話しはじめた。

「うちに電話がきたんだよ、銀行から」

それは、母がめずらしく家にいた日のことだった。

かかってきた電話に祖母が出ると、「佐藤《さとう》」と名乗る相手の女性は、母に代わってほしいと言った。

だがそのとき母は、かつてわたしの役目だった風呂場洗いに精を出しており、ばしゃばしゃと壁を洗い流す水音が、茶の間にまで届いていた。

電話があったことを伝えておくが、そちらはどちらの佐藤さんか、と祖母は訊ねた。

「なんていうんだろうねえ、こう、型どおりの、やけにていねいな営業の電話、って感じだったから、友だちでないことは、すぐに察しがついたのさ」

けれども相手は、身分を明かすことなく、またお電話さしあげます、とだけ答えた。

祖母は、もしや詐欺ではと疑った。

風呂場の天井まできれいさっぱり洗いあげた母と、お茶を飲みながら、その電話の話をした。けれども母は、気味悪がる様子もなく、「やあね」と適当にあいづちを打っただけだった。

「それだけなら、アタシも、特にどうとも思わなかったんだろうけど」

翌日、友人たちと芝居を観に出かけたとき、食事の席で、融資をもちかける詐欺電話が話題になった。

不安になった祖母は、先日かかってきた番号をメモしておくべきではと考え、帰宅してすぐに、着信履歴を見た。

すると、「佐藤」という女性が、きのうのうちに、ふたたび電話をよこしていたことがわかった。

祖母が電話を受けたのは午後三時で、二度めの着信は、四時半だった。その時刻、祖母は夕飯の買物に出かけている。家には母ひとりがいた。

なにかがおかしい、と感じた祖母は、ためしに携帯電話から、その番号に電話してみたのだった。

「銀行につながって、びっくりさ」

佐藤サンをお願いします、と言うと、住宅ローンのご相談ですか、と訊ねられた。

「息が止まるかと思ったよ」

「それで、話したの？」

「留守だったからねえ。話しちゃいないけど」

不案内なふうを装い、祖母は、そちらは融資担当の部署で間違いないかと確認したのだった。

そして、こちらの名前を訊ねてきた相手に、「鈴木《すずき》と伝えてもらえればわかる」と、でまかせを教えた。

「日本でいちばん多い名字は佐藤サンで、つぎが鈴木サンって聞いてたからね」

祖母らしい軽口も、張りのない声では精彩を欠き、物悲しくさえあった。

わたしは、なんとかして反論できないものかと、頭をひねった。

佐藤サンは、母と面識があるのだろうか。電話の用件は、住宅ローンに関することで、間違いないのか。

「ねえおばあちゃん、その佐藤サンって人、〈ローンいかがですか？〉って、知ってるかぎりの人に、営業の電話をかけまくってるのかも」

「御用聞きじゃあるまいし。もしそうなら、なんでアタシに、銀行の人間だってことを言わないんだい？　せっかく電話代かけて、もったいないじゃないか」

そのとおりだった。特にあてのない勧誘だったら、せっかく電話に出てくれた祖母を、みすみす逃しはしない。ここぞとばかり、家庭の事情やら、ふところぐあいやらを聞きだして、親身に相談に乗りつつ、仕事につなげていくだろう。

「さあて」と祖母が、やけに明るい調子で言う。「ちゃっちゃと洗いものをすまそうか」

「わたしがやるから、おばあちゃんはゆっくりしてて。台所寒いでしょ」

腰をあげたわたしに、祖母は、お茶をいれておくよ、とようやく笑顔を見せた。

お世辞にも使い勝手がいいとはいえない、せまくてふるいシンクに向かい、どんぶりを洗った。

瞬間湯沸器を使っているために、換気扇をまわす必要があり、たちまち足もとが冷える。

たまらず、小型のパネルヒーターをつけた。祖母のためにと、母が、だいぶ前に買ってきたものだった。

もしこの家に、祖母がひとりきりで暮らすことになったら、どうしよう。

寒い台所や風呂場で、お年寄りが、冬の朝や夜に倒れたという話をときどき耳にする。

ヘタな若者より元気ではないかと思うほどの祖母だが、いまの健やかさをいつまでも保てるわけではない。

結婚するにあたって、わたしが独立したあと、実家で暮らす祖母と母の関係はどうなるだろうと、少しは、考えないでもなかった。

元姑である祖母と、元嫁の母に、法的なつながりはない。どちらも芯がしっかり通っている。好きなものは好き、嫌なものは嫌、とはっきりしている。

一歩まちがえば、対立しかねないように見える。だが、性格がさばさばしているから、意見が違っても喧嘩にならない。

あれでなかなか、いいコンビだし、わたしがやきもきするまでもなく、これまでどおり、ずっといっしょに暮らしていくものと思っていた。

母は、九年前に父と離婚したあとも、この家にとどまった。それは祖母が望んだことだった。そしてまた、コロンビアに渡り、あたらしい家庭を築いている父の希望でもあった。母の、腹ちがいの妹のすずちゃんにとっても、この家は、実家のようなものだ。

祖母の取り越し苦労であってほしい、と思いつつ、洗いものを終え、茶の間にもどった。

待ちかねた様子の祖母は、なぜか、まだお茶のしたくをしていなかった。

代わりに、どこから持ってきたのか、見たこともない革製の書類ケースが、座卓に置かれている。

「なかをご覧」

祖母が言った。

「なんなの、これ」

「見ればわかるよ」

まるで見せたくないような口ぶりの祖母は、茶器を用意し、緑茶をいれはじめる。

わたしはしかたなく、書類ケースを手に取った。こんな上等なケースにふさわしい書類なんて、うちにあったかしらと、違和感を覚えつつ、蓋のスナップボタンをはずす。

〈遺言公正証書〉というものがあることは、知っていた。けれども、その実物をまのあたりにするのは初めてだった。一枚の書類に、何人もの署名と印影がならび、肝心の本文は、やけにあっさりしている。

ひとつめの項目には、遺言者である祖母が、不動産を母に相続させる、と書かれていた。

ふたつめには、遺言執行者に指定された弁護士の名前があった。

つづけて、わたしの知らない二名の男性が、証人として署名、捺印している。

末尾には、公証人の名が書かれていた。その、すぐ手前に、この書類を作った日付が記されている。

両親が離婚した年だった。

「紙っきれさ」と祖母が言う。「公正証書にしたのは、面倒がないように形を整えた、ってだけでね。そんな書類なんかなくたって、あんたのパパは、相続放棄をすると言ってるから」

母には本来、相続の権利がない。

だから祖母は、ひとり息子である父と相談し、正式な遺言書を作ることで、この家を母に遺せるよう、とりはからっていたのだった。

このことを母は知っているのか。わたしが訊ねると、祖母は、くすっと笑って答えた。

「ママはそういうのを聞きたがらないよ。気にもしていないだろうね」

そのとおりだった。母の性格では、相続なんて、これっぽっちも期待していないだろう。

この書類を見せたりしたら、縁起でもないと腹を立て、くしゃくしゃに丸めてゴミ箱に投げ捨てかねない。

「おばあちゃん、なんだか落ち着かないから、これ、また封印するね」

あまり触れていたくなくて、遺言書をもとどおり書類ケースにしまった。

さっきよりましな表情で、祖母が言う。

「眉間にしわが寄ってるよ。そう毛嫌いしなさんな」

「だって、なんだか怖くて」

いつか来る別れを意識させられ、哀しくもあった。だがそれは口に出さず、立派な書類ケースを、座卓ごしに祖母の側へ押しもどす。

「でもこんな大切なもの、うちに置いといていいの?」

「それは、謄本《とうほん》。原本は、公証役場が保管してるんだよ。弁護士のセンセイのとこには、正本があるしね」

「わたし憶えてるよ。九年前に、信託銀行の人がうちに来たときのこと。盗み聞きするつもりはなかったんだけど、たまたま聞いちゃったの」

「ああ、あれかい」と祖母が、藍染の前掛けを引っぱって言う。「ママは強情だったからねえ」

祖母は、当時、父と離婚することになった母をこの家に引きとめたくて、土地や家屋、有価証券などの生前贈与を申しでたのだった。

しかし母は、きっぱり断った。

「おばあちゃんの家に棲まわせてほしい、って、あの言葉は、わたしもすごくうれしかった」

「知ってて黙ってたのかい?」

祖母は、ちょっとはずかしそうに、前掛けの紐をいじった。それから、急に真剣な表情でわたしを見た。

「ないしょだよ」

遺言書の入った書類ケースに、そっと手を置く。

「このことは、誰にも言わないと約束しておくれ」

わたしは、すぐには承知できなかった。母はともかく、ユウジにも秘密にすべきなのか。

そんなわたしの心中を察したらしい。祖母の目が笑った。

「秘密があるぐらいがいいんだよ。男と女なんてね。まあでも、なにかの弾みに、ユウジさんにしゃべっちまっても、誰かに話したらただじゃおかないよ、って脅しとけばいいのさ」

「そのときは、おばあちゃんに誓わせる。わたしよりずっと効きめがあるよ」

「なにを言ってんだか」

祖母とわたしは、それぞれの湯呑みを手に、笑顔を交わした。

でもまだ、話が終わったわけではない。解決していないことがある。

「さっきの、電話の件だけど」

わたしは、いっそ正面きって母に訊ねてみたらどうかと、祖母に言った。

「案外、たいしたことじゃないかもよ。住宅ローンと決まったわけじゃないし。もしかしたら、友だちからローンの相談を受けて、仲介してるのかもしれない。それか、保証人になるとか」

「保証人はカンベンしてほしいね」

「だったらなおさら、はっきりさせないと」

わたしから話してみてもいい、と言うと、祖母は、あからさまに嫌がった。

「後生だから、もうしばらく、そっとしておいてほしいんだよ」

「でも、おばあちゃん、このままだと、宙ぶらりんでしょ」

「いいさ。こうして、悩みを聴いてもらえたからね」

ちゃんと話をしてもらえるまで、気づかぬふりでいたい。母に気をつかわせたくないと、祖母は言った。

「縛りつけるわけにいかないよ」

さっきから何度も触れてばかりいる前掛けの紐を解き、結びなおした。


夕方から友だちと芝居見物に行くという祖母と別れ、三時すぎに実家を出た。

冷たい風は止み、二月のなかばにしては、そこそこの散歩日和になっていた。

とはいえ、わたしの頭のなかは、祖母と母のことでいっぱいだった。並木の枝にふくらみかけた芽を見あげるとか、植え込みのパンジーに立ちどまったりといった余裕はない。

ただ足早に歩き、帰り着いた。そして手を洗うため洗面所へ入ろうとしたとき、段差がないのに、無意識に足を高くあげて踏み込み、前のめりにバランスを崩した。

あちこちに段差があるのは、若いわたしとユウジが暮らすこの借家ではなく、祖母のいる実家のほうだった。

トイレにも風呂場にも、各部屋にだって、いちいち段差がある。もし、家のなかでつまずいても、母なら転ばずにすむ。でも祖母はどうだろう。怪我をすれば、治るまで時間がかかる。最悪の場合、骨折もありえる。お出かけの大好きな祖母が、自由に出歩けなくなる。

でも、祖母は、バリアフリーとは対極にあるような日本家屋で、長いこと暮らしてきた。

わたしがいま、実家にいたときの習慣で、段差に合わせ、足を高くあげたように、祖母の動作も、あの家に馴染《なじ》んでいるのではないか。ならば、そう心配することもない。

ほどなくして、ユウジがもどった。

早かったね、と、ほっとして言うと、「日曜だぜ」と、なさけない声を出しながら、片目をつむってみせる。

「さあてビール、ビール。日曜の午後四時、ビール片手に、優雅に晩メシのしたくだ」

ユウジは冷蔵庫を開け、缶ビールを一本、そしてもう一本と、わたしによこして、つぎにチルド室から、おおきなホウロウのトレイをふたつ、重そうにひきずり出した。

ラップを取ると、肉を漬けていた赤ワインと香味野菜、ブーケガルニの匂いが漂う。

「すごい量だな」

「六百グラムの塊《かたまり》をふたつ買って、切り分けて、木曜の夜にマリネしといたの。どうせならたくさん作って、二、三日、楽しようと思って」

こちらに越してから親しくなった近所の肉屋のおじさんに、先週の初め、牛頬肉のシチューがうまいと勧められ、レシピを教わった。

休日にでも作ってみたい、とわたしが言ったのをおじさんは憶えていて、木曜の仕事帰りに店に寄ると、ちゃんと頬肉を用意してくれていたのだった。

「それで、俺はなにをすればいい？」

「肉の水気を拭いて、塩をぐりぐりすりこんで」

「よっしゃ、まかせろ」

ビールを飲み、スモークチーズをつまみ、他愛のないことをしゃべりながら、キッチンにならんで立つ。

ユウジが、下味のついた肉の表面をフライパンで焼きつけているあいだ、わたしは、てきとうに切ったタマネギやニンジン、セロリをいためた。あとは面倒なことはせずに、トマト缶や、マリネに使った赤ワインとともに、圧力鍋で煮る。

「肉屋のおじさんいわく、初級レシピだって」

錘《おもり》がゆるゆるとまわりだした圧力鍋を見守りつつ、言うと、ユウジが、中級や上級は逆立ちして作るのかと茶化した。

「焼いて煮る以外になにをするってんだ？」

「手順が増えるのと、あとは、ひとつひとつの作業がていねいになって、そのぶん時間がかかるの」

しゅん、しゅん、と錘が、音を立てはじめる。ふらふら揺れながら、ゆっくり回転していく。

「お、スゲエ」

ユウジは、理科の実験に夢中になる子どもみたいに、歓声をあげた。だんだん速くなる錘の動きから目を離さずに、言う。

「少し煮たら、しばらく圧力をかけておくんだったよな」

「うん。そのあと、肉をとりだすの。それで、鍋に残った野菜と煮汁を、バーミックスで潰《つぶ》して、とろとろにする」

「ああ、そうか。こういうときのためにあるのか」

ユウジは、まな板の脇に置かれたハンディタイプのフードプロセッサーを指差した。

「やだな、もう。何回も使ってるよ。カボチャのポタージュとか、ホワイトソースとか」

「ごめんごめん」

「うまいうまい、ってあなたが喜んでた、ラズベリー入りフローズンヨーグルトとか」

「あれ、うまかったな」

暑い南の国のビーチに行きたくなった、とユウジは、唐突に言った。

「俺、ダイビングってしたことないんだ」

「館山の魚捕りの孫でしょう？　泳ぎは誰にも負けない、って言ってるくせに」

「素もぐりなら得意だって前にも言ったろ。酸素ボンベやウエットスーツに縁がなかった、ってこと」

しゅんしゅんしゅんしゅんしゅん、と小気味よいリズムでまわる錘の音と、二月のキッチンに漂う蒸気が、わたしたちを温かく包んでいた。

では新婚旅行の行き先は、ダイビングで名高いビーチにしようか。いや、でも、ヨーロッパのふるい都市も捨てがたい。ふたりとも行ったことがない中東やアフリカという手もある。

しゅんしゅんしゅんと鳴る鍋と、まだ陽のある時間に飲むビール、そしてユウジの笑い声が、わたしをひととき、昼間の不安から遠ざけてくれた。

あくる日は月曜で、児童館の毎週の休館日だった。

自由な一日をめいっぱい使いたいわたしは、空が白むと同時に目を覚まし、ベッドから抜けでた。ユウジはいつものクセで、まっすぐ仰向けに寝てバンザイをしている。

フレンチローストの豆でカフェオレを作り、一面からゆっくり舐《な》めるように朝刊を読んだ。

途中、二度、寝室をのぞきに行き、ユウジに声をかけたが、「ああ、起きてる」と、はっきり返事しておきながら、ぴくりとも動かなかった。いよいよ三度めに、バネが入っているみたいに勢いよく上体を起こすと、歯みがきしながら器用に服を着た。

きのうは確か、デコポンをごっそり持っていかれたが、きょうはバナナを房《ふさ》ごと、メッセンジャーバッグに突っ込む。

そして、わたしをぐいっと抱き寄せ、「おはよう」と軽くキスをして仕事に出かけていった。

火を入れなおしたシチューをスープカップに少しと、オーブントースターの余熱で皮を軽くぱりっとさせたバゲットで、朝食にした。どちらもゆうべの残りだが、こんなに贅沢《ぜいたく》な食事をひとりでとるのはどんなものかと、うしろめたいぐらい、おいしかった。

牛一頭ぶんの頰肉で作ったシチューは、まだたっぷり残っている。

今夜ふたりで、赤ワインでも飲みながら食べたいところだった。でもユウジは、仕事の打ちあわせを兼ねた夕食会があり、帰りは遅くなると言っていた。

とりあえず、残りのシチューを、冷蔵庫に入れられるサイズの鍋に移した。その粗熱を取っているあいだに、まあたらしいぴかぴかの圧力鍋を、きれいに洗う。

実家でも使っている国内メーカーの製品だった。

結婚祝いにと祖母が買ってくれた。

なんでも、デパートの販売員から、若い人はヨーロッパの人気メーカーのものを欲しがる、とつよく勧められて、さすがの祖母も迷い、売り場から母に電話して意見を聞いたらしい。

そのとき母は、「あの子なら、おばあちゃんとおなじのがいい、って言うわよ」と、自信たっぷりに請けあったのだった。

きのう元気のなかった祖母は、どうしているだろう。圧力鍋の錘がまわるのをおもしろがっていた、とユウジの話をすれば、よろこぶかもしれない。

実家に電話すると、弾んだ声が返ってきた。祖母は、外出のしたくをしているところだった。

なにげなく、行き先を問うと、「近場だよ」と答える。

「シニアマンション、っていうのを、見てこようと思ってね」

「それって、高齢者向けの？」

驚いたわたしの声は、裏返ってしまい、受話器の向こうの祖母に笑われた。

「ねえおばあちゃん、いったいなにしに行くの？　なんで？」

銀行から母に電話があったというだけで、さっそく、ひとり暮らしの準備を始めようというのか。

「行ったらダメなのかい？」

祖母は、友だちが入居したのだと言い、よかったらわたしもどうかとさそってくれた。

転居先の下見ではないとわかり、ひとまず、胸をなでおろした。でもちょっと興味があるし、その友だちというのは、わたしも面識のある女性で、結婚祝いを贈ってくれたこともあり、お礼がてら、祖母にくっついていくことにした。

マンションの最寄り駅で祖母と待ちあわせた。

駅から歩いてほんの三分だと、友だちから送ってもらった地図を見ながら祖母が言う。

「都心にあるのは、さびしくなくていいね。海や山の近くは、景色はいいかもしれないけど、ちょいと電車に乗ってデパートに買物に行ったり、お芝居を観たり、ってわけにいかないからね」

その意見には、わたしも賛成だった。でも、なんだか心がざわざわする。シニアマンションが、わたしから祖母をうばってしまう悪者のように感じる。

祖母の友人の鶴見《つるみ》さんは、ホテルロビーのようなエントランスで、わたしたちを出迎えてくれた。

中央には、華やかなイエロー・トーンでまとめたユリやガーベラのフラワーアレンジメントがあった。右手には来訪者の対応もするコンシェルジュ、左手には、水の伝う石壁があって、その手前に、デザイナーものの黒い革のソファがならんでいる。

結婚祝いのお礼を言って、まずは、マンション内の共用施設を案内してもらった。

高齢者向けの建物とあって、リハビリもできるスポーツジム、看護師の常駐するメディカルルームがある。日替わりのメニューが出るレストラン、ダンスフロアになる集会場、そして、遠方から訪ねてきた客が泊まれるようにと、ホテル並みのゲストルームまで、いたれりつくせりだった。

鶴見さんは、まるでツアーガイドのようにわたしたちを引き連れ、コンシェルジュも顔負けではと思える名調子で説明し、質問に答えた。あまりに見事なので、入居希望者のための内覧会に来たのかと錯覚しそうなくらいだった。

祖母もおなじように感じたらしい。

ひととおり見学を終え、鶴見さんの居室におじゃますると、まっさきにそのことを言った。

「ツルちゃんは、いまにも、契約書にハンコをついてくれと言いそうだったねえ。買わされるのかと思ったよ」

「営業マンみたいだったかしら」と、鶴見さんは、ちょっと気取って胸を張る。「でも空室はないのよ」

慣れていたのにはわけがある、と鶴見さんは言った。

「転居はがきを出したとたん、あっちからもこっちからも、なかを見せてくれって言ってきて。そうねえ、かれこれ十回ぐらい案内したかしら。それでもまだ、今月いっぱい予定があるのよ。シニアマンションに興味を持ってる人がこんなに多いなんて、知らなかったわ」

若い人にはまだ現実味が薄いでしょうけど、とわたしに笑いかける。

「どう？　おもしろかった？」

「ええ。おじゃましてよかったです。バリアフリーの建物って、こういうものなんだなあ、とわかりました」

「新居は、普通のマンションなの？」

「いいえ。ふるい借家です。でも、大家さんが内装をリフォームしてくださったので、床はぜんぶ平らになってるんです。だから、実家みたいに段差があるつもりで足を出して、逆に転びそうになったりして」

「そうそう。わたしもね、前の家で、よく敷居につま先を引っかけていたの。それをからだが憶えていて、いまはなにもないのに、ついクセで、確かめてしまうのよ」

お茶のしたくをしていた鶴見さんは、楽しそうに、ジェスチャーを交えて言った。

祖母は、ちょっとだけ哀しそうな表情をのぞかせたが、それは、孫のわたしだからわかるていどの、ほんのちいさな変化にすぎなかった。

これ以上マンションをほめるのは、祖母にもうしわけないような気がした。

テーブルにはアルバムが何冊か置かれている。わたしたちに見せようと、鶴見さんが準備したものだろう。

「これ、なかを見てもいいですか？」

「どうぞお好きに。いちばん上のアルバムに、去年のシニア大会の写真をまとめてあるのよ」

鶴見さんは、祖母とおなじ仲良しグループの一員だが、砲丸投げ選手という別の顔を持っている。

芝居見物や食事会、旅行や習いごとなど、なにかとつるんで遊びまわる祖母たちも、さすがに、これにはついていけない。

競技中の写真はもちろんのこと、地方の競技会のついでに名勝地などで写したスナップを見ながら、おしゃべりしたあとに、館内のレストランに行った。正午すぎとあって、入り口には、ランチメニューを書いた黒板が出ている。

きょうのお勧めは、牛頰肉のシチューだった。

祖母と鶴見さんがそれにするというので、ゆうべから二食つづけて食べていることは言わずに、わたしも従った。彼女たちに合わせたというより、うちの味と食べ比べて、ユウジに報告したいと考えたからだった。

結果は、わたしとユウジの負けだった。惨敗ではなく、かといって、惜敗ともいえない。

肉屋のおじさんによれば、あれは初級レシピだから、こちらはさしずめ、中級といったところか。クセのないあっさりめの味で、ゆでたカブとブロッコリをそえてある。

となりのテーブルには、楽しそうに食事する老夫婦がいた。おひとりさまの男性が、ウエイトレスの若い女性と言葉を交わしていたり、ひとりで入ってきた女性が、知りあいを見つけて相席したりと、なかなか雰囲気がいい。

消えてしまったホオツキさんは、どこでどうしているだろう。

十年前に夫を亡くし、子どももいないというし、家と土地を処分したお金で、こういうマンションに入居できているならいいなと思った。

午後には三人で、マンションの周辺を散策した。

ちいさなギャラリーを見つけて入ったり、路地裏の、むかしながらの銭湯の建物を感心して眺めたり、陶器の店や、アンティークのランプ専門店、花屋の店先などをひやかしてすごした。

ミカン色の太陽が傾く前に、鶴見さんと別れて電車に乗り、実家の最寄り駅で降りた。夕時の買物でにぎわう商店街へと足を向ける。

ユウジは外で食べて帰るし、母は海外だし、おいしい刺身を買って帰り、祖母とふたりでビールでも飲もうという算段だった。

鮮魚店のおっちゃんは、お馴染みさんの祖母を見るなり、「うんといいヤツが入ってるよ」と、冷蔵ショーケースにならんだ刺身を指差した。

「かわいい孫が来てるんなら、いいのを食わしてやらないと」

本マグロにブリ、ヒラメ、ヤリイカが、きょうの逸品とおっちゃんは胸を張った。

「そうだねえ」と祖母が、わたしに相談する。「本マグロをたくさんにするかい？ それともやっぱり盛りあわせでいろいろ食べようかねえ。おや、エンガワもある」

「エンガワうまいよ！」

おっちゃんが一段と声を張ると、商店街を歩いていた客が足を止め、店先に集まりだした。

「アタシはエンガワとマグロが食べたいけど」と祖母が、わたしを見る。

「わたしはヒラメ。あとヤリイカかな」

牛の頬肉が三食つづいたので、淡白な魚にワサビをきかせて、さっぱりといただきたいところだった。

おっちゃんが、ではそういうふうにひと盛り作ろう、と店の奥へ行きながら、わたしへふりむき、思いだしたように言う。

「そういえば、ママも引越すのかい？　このあいだ、不動産屋に入ってくのを見たよ」

「不動産屋？」と祖母が、詰問するように訊ねる。「どこの？」

「駅西の出口からすぐのとこさ」

答えを聞くなり、祖母は、「お刺身はまたこんど」と、ぷいと店頭を離れた。

「待って、おばあちゃん。ごめんね、おっちゃん」

わたしは、駅のほうへ無言で向かう祖母のあとについて歩きながら、後悔せずにいられなかった。

きのう祖母は、母にはなにも言うなとわたしに頼んだ。でも、こんな形で真実を知るぐらいなら、ゆうべのうちに、母に国際電話をかけ、祖母が心を痛めていると教えるべきだった。

もし、ほんとうに、母が転居を計画しているとすれば、せめてそれは、母の口から、祖母に伝えられるべきではないのか。

問題の不動産屋は、ホオツキさんの家の跡地を管理しているところでもあった。まさかとは思うが、母がその土地を買うなどという奇妙なめぐりあわせになりはしまいかと、ますます心配になる。

ごめんください、と冷静に声をかけ、不動産屋のカウンターに歩み寄った祖母は、怒っているのか、悲しんでいるのか、わからなかった。店長の名札をつけた中年男性から、愛想よく用向きを訊ねられると、

「娘が、こちらでお世話になっているはずなんですが」

母の名前を告げ、紹介した物件が知りたい、と頼んだ。

店長の男は、やさしげな表情を浮かべたまま、軽く首をひねる。

「もうしわけないが、ご協力できかねますなあ」

「なんとかなりませんか」

「そう言われましてもねえ」

店長はパソコンを操作し、「困ったなあ」とモニターを見つめた。「本社がうるさいんですよ。客の個人情報をきっちり管理しろと」

おそらく、そこに、母の来店記録が映しだされているにちがいない。

店長が、「うーん」とうなって、腕組みをしたときだった。わたしたちの背後で、勢いよく、ガラス張りの引き戸が開いた。

「奥さん」と、祖母に呼びかけたのは、鮮魚店のとなりに店をかまえる乾物屋のおかみさんだった。

「だいじょうぶ？　いったいどうしたっていうの？」

店先で、おっちゃんと祖母のやりとりを聞いていたおかみさんは、祖母と母のあいだにトラブルでもあったのかと、わたしたちを追ってきてくれたのだった。

祖母は、しょんぼりした様子で、言いにくそうに目をそらす。代わりにわたしが話すことにした。

「母がなぜここを訪れたか、用件を知りたいんです。自分の物件を探していたのか、それとも知人に頼まれたとか。そのぐらいでいいんですけど」

おかみさんは、承知したというようにうなずいた。またフットマッサージの支店を出すのかしらね、と見当ちがいを言って、店長へ向きなおる。

「教えてあげてよ。この人たちは家族なんだから」

おかみさんの知りあいとあれば、と店長は、胸の前で組んでいた腕をおろした。

「あいにく希望どおりの物件はなかったんですよ」

母は、賃貸物件を探していた。

借家でも、ひろめのマンションでもいいが、できるだけ近くに、と注文をつけたらしい。入居は数か月ていどを見込んでいるということだった。

祖母が、少し投げやりな、抑揚のない声で言う。

「あたらしい家を建てるあいだの仮ずまいか、とにかく家を出ようってことか」

気詰まりな沈黙に、店長が、軽く咳払いをする。

わたしがあの家を出たために、これまで保たれてきた安定が、崩れてしまったのだろうか。母は、もう祖母といっしょに暮らす理由がないとでも思ったのか。

まさか、そんなことがあるわけない。わたしはどうしても信じられなかった。

祖母と母のあいだには、伸縮自在で、つよく、しなやかな絆がある。ときには、わたしが疎外されているように感じるほどだった。

事務所の壁には、売り地の図面や、中古住宅の間取り図といった物件情報が、いくつも貼りだされていた。

ふと、思いだし、ホオツキさんの土地はないかと、目をこらす。

「ありがとうございました。お世話さま」と祖母が、深々と頭をさげ、カウンターから離れた。

乾物屋のおかみさんは、気づかわしげに、すぐそばで見守っている。

わたしは、「もうひとつだけ、いいですか？」と、歩みでて、親切そうな店長に、ホオツキさんのゆくえについて訊ねた。

「知りあいといっても、通勤の途中で、挨拶をするていどでした。それが、わたしの仕事の都合でちょっと会えないあいだに、お引越しされて。いまは、更地にこちらの看板が立っています」

お元気だということさえわかれば満足です、と言ったわたしに、店長が訊ねる。

「そのかたとは、ご家族でもご親戚でもないんですね」

「はい」

「見てみましょう」

店長は、パソコンのキーを叩き、「ああ、これか」と呟《つぶや》いた。さらさらとメモを書き、カウンターごしに差しだす。

「ここで訊けばわかりますよ」

メモには、都内の住所が書かれていた。個人情報をこんなに簡単に渡していいのかしら。こちらから無理を言ったくせに、急に不安になった。

「これ、いただいていいんですか？　ご迷惑をおかけすることにならないでしょうか」

「問題ありませんよ。行ってごらんなさい」

「そうですか。ありがとうございます」

店長とおかみさんに、あらためて礼を言い、不動産屋をあとにした。

小走りに店へもどっていくおかみさんを見送って、祖母が言う。

「善は急げ。さて、行こうか」

「どこへ？」

訊ねると、祖母は無言で、わたしが手にしたメモを指差した。ちょうど通りかかった空車のタクシーを停め、さあおいで、とすばやく、率先して乗り込む。

「もっと沈んでると思ったかい？」

運転手にメモを見せ、車が発進すると、祖母はわたしの手をやさしくにぎった。

嘘をつくのは嫌なので、わたしは「うん」と短く返事をする。

祖母が、くすっとちいさく笑った。

「くよくよしたり拗《す》ねたりして、損するのは自分自身だからね。この先きっと楽しいことがある、って期待をするのが、人生の秘訣なのさ」

半信半疑のわたしに、さらに言う。

「楽しいことってのは、それを待ってるときが、いちばん楽しいんだから」

タクシーは十五分ほど東へ走り、住宅街の一角に建つ洋食屋の前で停まった。不動産屋の店長は、それが店舗の住所だったから、あんなにあっさり、教えてくれたのだった。

店の入り口では、白のシャツに黒い縦長のエプロンをした女性が、メニューの書かれた黒板に、本日のデザートを書き足している。

ホオツキさんだった。

歩み寄るわたしたちの気配にふりかえり、「あら」と驚いた表情を見せたかと思うと、たちまち満面に笑みを浮かべる。

「また会えるなんて。うれしい」

「わたしもです。よかった。お元気そうで」

「なにも言わずに引越すことになってしまって、すごく残念だったのよ。ごめんなさい」

「いいえ。わたしが、遅番だったり、あの路を通らなかったり、たまたまタイミングが合わなかったんですね」

ここへ来たのは偶然ではなく、探し当てたことをうちあけると、ホオツキさんはとてもよろこんでくれた。祖母がわたしをけしかけたことも、もちろん話した。

ふだんなら、こんなとき、照れかくしに、斜にかまえがちな祖母は、「どうも」と、猫っかぶりな感じに、気どってお辞儀をした。

「孫がお世話になっております。素敵なお店ですねえ」

おじゃまさせていただきますよ、とさっさと店のなかへ入っていく。

少しひろめの洋風住宅を改装した店内は、小ぢんまりとして、清潔で、好感が持てた。ディナータイムが始まったばかりなので、リザーブの席はあるものの、客はまだ祖母とわたしだけだった。

ホオツキさんは、わたしたちをテーブルに案内すると、そそくさと厨房《ちゆうぼう》へ行き、すぐに、シェフを連れてもどってきた。

「夫です。ここの、オーナーシェフです。引越したわけは、こういうことなの」

誇らしさと恥ずかしさが、交互に現れる顔で、ホオツキさんが言った。結婚します、なんて、なかなか言いだせなくって、と頰を赤らめる。

六十がらみの夫君も、もじもじして、シェフ帽を取り、ほとんど毛のない頭をかいた。

祖母とわたしは、せっかくなので、夕飯をいただくことにした。ホオツキさんは、ぜひとも看板メニューを食べてほしい、と店内の壁にかかった黒板を指し示した。〈ホオシチュウ〉と、黄色いチョークでおおきく書かれている。〈牛頬肉をとろとろに煮込みました。デミグラスソースの風味が絶品の、シェフの自信作です。〉

「それをいただきましょう」

祖母が、すまして言った。昼も食べたことなど、おくびにも出さない。にっこり笑顔で、勝手に「ふたつ」と、つけたした。

わたしにとっては、ゆうべから数えて、四食めのホオシチューだった。さすがに祖母も、そこまでとは知らない。

からだのなかから牛になりそう。胸のうちに呟きつつ、祖母を見習い、すずしい顔で、立ち働くホオツキさんの姿を眺める。

客足は順調だった。ランチのときはアルバイトを入れるが夜はそれほど混まない、と聞いたけれど、フロアをひとりで仕切るのは、なかなか大変そうだった。

「お待たせしました。当店自慢の、ホオシチュウでございます」

どうぞめしあがれ、と給仕したホオツキさんは、そわそわ落ちつかない様子で、わたしたちが料理に手をつけるのを待った。

「おいしい」と祖母が言う。

「ありがとうございます」とホオツキさんは一礼して、厨房のほうへ、ちいさくガッツポーズをしてみせる。

四食もつづけて食べているわたしですら、目を見張り、うなずいて、「これまで食べたなかでいちばんおいしいです」と口走ることになった。

ぜひ、ユウジを連れてきて、教えてあげよう。うちのを初級とするなら、上級は、大先輩が作るこのホオシチュウだよ、と。

長居するには、お客が多すぎ、忙しそうなホオツキさんに、またお邪魔します、と挨拶して実家へ帰った。

食事を始めた時間が早かったので、まだ午後の七時半すぎだった。飲もうか、と玄関を開けると、まるでどこかから見ていたように、電話が鳴りはじめる。

急いで茶の間へ行き、受話器を取ったわたしに、気の抜けたような声で、海の向こうの母が言った。

「なんだ、来てたの？」

「うん。おばあちゃんなら元気だから」

「やだ、冷たい言いかたね。ママにもやさしくしてよ。おばあちゃんにはベタベタ甘いくせに」

母は、ふだんと変わりなかった。こっそり隠れて家出の準備をしているようには、とうてい思えない。

「ごはん食べた?」と、わたしの態度を気にするふうもなく、ほがらかに訊ねる。

わたしは、外で食べてきたと答えながら、見てきたばかりの、ホオツキさんの幸福そうな笑顔を思いだしていた。

ホオツキさんは、再婚することをなかなか口に出せなかった、と言っていた。もしかすると、母も、そういうことなのだろうか。

「不動産屋に出入りしてるのは、なんのためなの?」

直球勝負で質問をぶつけた。

母は、しばし黙ってから、ゆっくりと答える。

「賃貸を、探してるのよ」

「そうじゃなくて、探す理由」

「ちょっと待ってよ、ママをいじめないでちょうだい。いずれ話そうと思ってたの。しっかり準備が整ってから」

じっと受話器に耳を寄せていた祖母が、静かにため息をついた。母は、あきらかにうろたえている。

わたしは、母の恋人の顔を思い浮かべた。この家の前で、会ったことがある。

「もしかして、再婚するの？」

「再婚？」

すっとんきょうな声を出した母は、どこからそんな話が出てくるの、と本気で驚いた様子だった。

「あなたとおばあちゃんのコンビは、想像力たくましいというか、物事をおもしろいほうに考えすぎなのよ。ほんっと、しょうがないんだから」

あらいざらい話す、と母は宣言し、

「まず、結婚の予定はありません」と再婚をきっぱり否定した。

母は、この家のリフォームを計画していたのだった。

祖母のために、最新式のバリアフリーの設備にしたかった。それには、いまの家を壊し、新築するのがてっとり早い。けれども、亡き祖父との思い出が刻まれた家を壊すのは、祖母にとって、どれほどつらいことか。

専門家に相談すると、耐震補強と内装のリフォームに、かなりの金額が必要であるとわかった。銀行からの電話は、その融資の見積もりの件だった。

「工期のあいだ、仮ずまいになるけど、いまとおなじ生活圏で暮らせたほうが、おばあちゃんも楽でしょ？　だから近場の物件を探してたの」

「それならそうと、おばあちゃんに言ってよね」

「そうだよ、水臭いね」

途中からスピーカーホンにしていたので、座布団に座って聞いている祖母も口を挟む。

するとと母は、甘えたような声で、おばあちゃんがわるいのよ、と言った。

「シニアマンションに引越した友だちのことを、それはそれはうらやましそうに話すんだもの」

なんとか手を打たなければ、いままでどおり、いっしょに暮らすことができなくなるのではと焦った。漠然と話しあうのではなく、飛びつきたくなるようなプランをいきなり示すことで、祖母に決断をせまるつもりだった。

「ママも負けたくなかったのよ」

母はまるで、やきもちを焼いているような口ぶりだった。

わたしが去ったあとの家のことなど、心配するだけ損なのかもしれない。

「もうやだ。ふたりは好きどうしなんでしょ？　どうしてわたしがふりまわされなくちゃならないのよ」

馬鹿みたい、とあきれるわたしに、祖母が言う。

「どうしてかは、自分の胸に訊くんだね」

「そうそう。おばあちゃんがいてママがいたからあなたが生まれた、ってことを、よおく肝に銘じるのね」

「そのとおり」

「あなたねえ、そんなに実家に入り浸ってると、ユウジさんに愛想尽かしされちゃうわよ。おばあちゃんはちゃんとひとりでなんでもできるんだから、心配しなくていいの」

「ママの言うとおりだよ」

どういうわけか、わたしがお説教されて、話はすっかり丸くまとまった。

電話を終えると、祖母は、なんだかどっと疲れが出た、と笑った。

さっさと風呂に入って寝たいと言うので、母が帰国したら三人で飲むことにして、わたしは家路についた。

ホオツキさんのゆくえがわかり、祖母の気がかりも解決した。なかなかよい休日だったと、弾む足取りでたどりついた家の窓には、黄色い灯りが点《とも》っていた。

玄関を入ると、ゆうべからすっかり馴染んだ、温かな家庭料理の匂いがした。奥から、「お帰り」と声がかかる。

遅くならずに帰宅していたユウジは、赤ワインのグラスを片手に、シチューの鍋を火にかけていた。

「腹が減ってさ。真剣な打ちあわせだったから、そっちに夢中になって、食いそびれたんだ」

ラーメン屋に寄ろうかと考えたとき、家にシチューがあることを思いだした。空腹をがまんして帰ってきたのだと、おどけた仕草で胃のあたりを押さえる。

「そろそろいいかな」

ユウジは火を止め、用意してあった皿にシチューをよそいながら、わたしも食べるかと訊いた。

「ううん、いい。きょうは行く先々で、牛頬肉のシチューを食べたの」

「なんだって?」

「くわしいことは、それを注いでから」

わたしは、テーブルに置かれた赤ワインのボトルを指差し、食器棚から自分のグラスを出した。

ユウジが、「お先」とテーブルについて、スプーン一本で、シチューを食べはじめる。

「おっ、ゆうべより確実にうまくなってる。肉がほら、ほろっと崩れるだろ。うまいから、食べてみろよ」

テーブルごしにユウジが差しだすひと口を食べた。

「ホントだ。やわらかい」

ゆうべから数えて五番めのこれが、いちばん美味かなと思った。

それはもしかして、気のせいなのか。あるいは、三度も火を入れたためか。それとも、ユウジが食べさせてくれたからだろうか。

「だろ?」とユウジは、わたしたち夫婦の初級のシチューを、にこにこ満足げにほおばる。

ああそうか、好きな人と食べるものはおいしいんだ。わたしは、愛する人の笑顔を前に、ゆっくりと、赤ワインをグラスに注ぐ。

いつか、わたしたちも中級になり、上級にたどりつけるだろうか。

でも、祖母が言っていた。

楽しいことは、それを待っているあいだが、いちばん楽しい。

ならばゆっくり。ゆっくりと、行こう。

解説　五感で感じる女たちの思いやり

詩人・エッセイスト　白石公子《しらいしこうこ》

本書は、東京の下町を舞台に、ひとつ屋根の下で暮らす「わたし」と母と祖母の日々を綴った連作短編集である。

はじめてこの物語を読んだとき、終始、ぬるい風が顔にあたっているような感じだったことを、今も忘れられない。

それは、かすかに潮の香りがして、湿気を帯びた丸みのある風だ。路地や商店街をゆっくりと吹きながら、季節の匂い、街の音、人の気配を運んでくる。五感を刺激してくるのだ。

その風に呼応するかのように、ゆるやかな時間が流れている物語空間に、ゆっくりと引き込まれてしまっていた。時おり、風に受け止められる感じと、解きほぐされる感じを同時に味わうことがあって、「心地よい」というのは、こういうことなのだ、と思った。この心地よさは、どこから醸《かも》し出されるのだろう、と不思議に思いながら読んだ。

なぜなら語り手である「わたし」の家庭の事情は、一見するとかなり複雑で、心地よさとは、結びつきそうにもないからだ。

「わたし」の両親は7年前に離婚している。板前だった父親が、カラオケパブで知り合ったコロンビア人女性・アナスタシアにいれこみ、彼女の4人の子どもが待つ国へと渡ってしまったからだ。

離婚当初、父の母親で、家の持ち主でもある祖母が、それでもこのまま一緒に暮らしたいと提案し、残された女三人の暮らしがはじまった、というわけである。

母はフットマッサージ店の経営者として忙しく働いていて、祖母が家のことをやっている。一風変わっているのは、父と離婚したのに母と祖母、つまりは嫁と姑が一緒に暮らしていること、そしてコロンビアでスシ・バーを経営している父から、しょっちゅう電話がかかってくることだ。

そんな女所帯の家に、母の腹違いの妹である「すずちゃん」がお土産片手に、ふらりとやってくる。独身のすずちゃんは、有名な代議士と不倫関係にあるらしいが、「わたし」たちは、プライベートなことに深く立ち入ったりはしない。

またあるときは、父の再婚相手アナスタシアの連れ子・マグダレーナから電話がかかってくる。マグダレーナは、アナスタシアが父と出会う前につきあっていた日本人男性との間に生まれた子どもなので、「わたし」とは血のつながりはないが、妹ができたようにうれしくなってしまう——といった具合に、「わたし」をとりまく人間関係は、かなりややこしい。しかしここに描かれるのは、そんな複雑な血縁や世間の常識にとらわれていない、新しい家族のあり方、精神的に自立した女たちの共同生活の様子なのだ。

※

表題作「ちりかんすずらん」は、休日、いつものように朝食をとっていたとき、テレビで、例の代議士が路上で何者かに切りつけられる、というニュースを見るところからはじまる。その襲撃犯は帽子を目深《まぶか》にかぶった女性らしい、という報道に、あわててすずちゃんの携帯にかけてみるがつながらない。これまで静かに見守ってきた「わたし」たちの日常が、にわかにざわめきはじめるのだ。

いつもの風景に、不穏な影がさっとよぎる、外部から何かがやってくる、ふとしたときに生ぬるい風が吹いてくる、というのはどの短編にも共通している。それまで慎重になだめていた日々が、突然、サスペンス色を帯びて揺れる。

　例えば「赤と青」では、携帯電話を使いはじめたばかりの祖母のもとに〈夫を苦しめないでください〉〈夫はやさしくて断れないだけです〉といった意味深なメールが届く。「バニラ」では、結婚式を明日にひかえた「わたし」宛てに、まったく知らない女性から荷物が届き、開いてみると指輪が入っている、というように、なにかよからぬ予感を孕《はら》んで「わたし」たちの生活を揺さぶり、それぞれの心に波紋の輪が広がっていくのだ。

　勤め先の児童館から帰ってくる途中、ふと誰かに後をつけられているような気配に気づく「ちいさなかぶ」。有名な怪談話が生まれたこの下町にも、再開発の波が押し寄せ、用地買収が済んだ空き家がどんどん増えてきた。

　そんな不穏な気配によって、逆に、この家の持つ独特な空気と女たちの内面が、はっきりと伝わってくるのだ。

　女所帯ならではの用心深さをベースに、その空気は穏やかで温かい。祖母も母親も、呼称がもたらす役割のようなものから解放され、のんびりした空気で満たされている。それに誘われるようにいろんな人たちが集まってくるのだろう。しかし「ちりかんずらん」のエピソードからもわかるとおり、それぞれが少し離れたところで見守り、だからこそ強く思いやっている。お互いを認め合っている距離感がなんとも絶妙である。

「ちりかんすずらん」というのは、細工が揺れて、ちりちり鳴る鈴蘭《すずらん》のかんざしのことである。すずちゃんが、彼に買ってもらったそのかんざしを、今手放そうと決めたとき、女たちは、ただ細工が揺れるひそやかなその音に耳を澄ますだけだ。言葉はない。耳を澄まして聴く、ただそれだけなのに、すずちゃんのせつない気持ちを思いやっているのがわかるのだ。五感を刺激してくるシーンには、女たちの優しさ、思いやりが感じられるのだ。

※

ここに収められている6つの短編を結びつけているのは、つきあっている「わたし」とユウジの結婚までの道のりだ。わけありの家庭で育った「わたし」は、一般的な理想の結婚・家庭にまったくこだわっていない様子の女性たちを、距離を持って見つめている。ちょっとドライな視線により、彼女たちの自由で、しなやかな生き方が浮き彫りになっていく。それをゆるやかに受け止めながら、自分なりの結婚観・家庭観を抱いていく様子はすがすがしい。

しなやかな生き方、といえば、最も印象に残るのが祖母だ。「新橋料亭の玄関番の娘に生まれ、置屋の芸妓《げいぎ》たちにかわいがられて育った」という祖母は、たどたどしくも携帯電話を使い、男友だちと観劇に行く約束をしたりして、今の自分の生活を楽しんでいる。お年寄りなのに朝に弱くて寝坊、というエピソードなどほほえましく、魅力的な下町のお婆さんだ。

その祖母が毎日つくってくれる手料理や、すずちゃんが持ってくる手土産についても、味わい深く描かれ、東京下町グルメ本としても楽しめるだろう。

女三人の暮らしはささやかだけれど、それでも小さな事件が次々と起きる。そのたびごとに心を揺らしてしまうものだ。なにげない日常というのは意外とドラマチックなものなのかもしれない。そんななか、いつものように食卓を囲み、おいしいものを食べ、その小さな喜びをわかちあうことが、どんなにかけがえのないことか——わかちあうこと、そしてなにげない日常への慈しみと愛が、この物語全体をやさしく包んでいる。

（この作品『ちりかんすずらん』は平成二十一年九月、小社より四六判で刊行されたものです）

一〇〇字書評

ちりかんすずらん

切り取り線

購買動機（新聞、雑誌名を記入するか、あるいは○をつけてください）	
□（　　　　　　　　）の広告を見て	
□（　　　　　　　　）の書評を見て	
□ 知人のすすめで	□ タイトルに惹かれて
□ カバーが良かったから	□ 内容が面白そうだから
□ 好きな作家だから	□ 好きな分野の本だから

・最近、最も感銘を受けた作品名をお書き下さい

・あなたのお好きな作家名をお書き下さい

・その他、ご要望がありましたらお書き下さい

住所	〒				
氏名		職業		年齢	
Eメール	※携帯には配信できません	新刊情報等のメール配信を 希望する・しない			

この本の感想を、編集部までお寄せいただけたらありがたく存じます。今後の企画の参考にさせていただきます。Eメールでも結構です。

いただいた「一〇〇字書評」は、新聞・雑誌等に紹介させていただくことがあります。その場合はお礼として特製図書カードを差し上げます。

前ページの原稿用紙に書評をお書きの上、切り取り、左記までお送り下さい。宛先の住所は不要です。

なお、ご記入いただいたお名前、ご住所等は、書評紹介の事前了解、謝礼のお届けのためだけに利用し、そのほかの目的のために利用することはありません。

〒一〇一－八七〇一
祥伝社文庫編集長　坂口芳和
電話　〇三（三二六五）二〇八〇

祥伝社ホームページの「ブックレビュー」からも、書き込めます。
http://www.shodensha.co.jp/bookreview/

祥伝社文庫

ちりかんすずらん

平成24年9月10日　初版第1刷発行

著　者　安《あ》達《だち》千《ち》夏《か》

発行者　竹内和芳

発行所　祥伝社《しょうでんしゃ》

東京都千代田区神田神保町3-3

〒101-8701

電話　03（3265）2081（販売部）

電話　03（3265）2080（編集部）

電話　03（3265）3622（業務部）

http://www.shodensha.co.jp/

印刷所　図書印刷

製本所　図書印刷

カバーフォーマットデザイン　芥 陽子

Printed in Japan ©2012, Chika Adachi ISBN978-4-396-33785-8 C0193